温州小店
生意经

王手 著

作家出版社

图书在版编目（CIP）数据

温州小店生意经 / 王手著 . -- 北京：作家出版社，
2014. 4（2021. 1重印）

ISBN 978-7-5063-7320-3

Ⅰ. ①温… Ⅱ. ①王… Ⅲ. ①长篇小说 – 中国 –当代

Ⅳ. ①I247.5

中国版本图书馆CIP数据核字（2014）第030298号

温州小店生意经

作　　者：王　手
插　　图：李利民
责任编辑：杨兵兵
装帧设计：**奇文雲海 Chival IDEA**
出版发行：作家出版社有限公司
社　　址：北京农展馆南里10号　　　邮　　编：100125
电话传真：86-10-65067186（发行中心及邮购部）
　　　　　86-10-65004079（总编室）
E-mail:zuojia@zuojia.net.cn
http://www.zuojiachubanshe.com
印　　刷：三河市北燕印装有限公司
成品尺寸：142×210
字　　数：145千
印　　张：8.375
版　　次：2014年4月第1版
　　　　　2021年1月第2版
印　　次：2021年1月第2次印刷
ISBN 978-7-5063-7320-3
定　　价：38. 00元

目 录

我老婆突然就下岗了

1994年，我老婆的工厂改制了。改制是个新词，也是个蒙词，其实大家并不太懂。改制？改什么样的制？改成什么制？本来是国营的，现在改成了什么营？是集体营？还是个体营？其实什么营也不是，改制后，这个厂就没有了，就把大家买断了，说拜拜了。

1994年，我们的生活是什么样的呢？我们住在靠近郊区的地方，房子是五十平方米的；我平时骑自行车去单位，我老婆则要倒三次公交车去上班；我小孩在市区一个小学读四年级，因为不好带，平时都寄养在我母亲那里；我们家的电视是1983年买的，不是东芝，也不是日立，是一个无名小牌奥丽安；洗衣机是半自动的，洗是自动的，弄干要手动的；空调只装在卧室里，是本地的"玉兔牌"单匹机，开起来室外响，室内也响；生活以外用于娱乐的电器，是朋友装搭的一台"卡拉"机，其实就是一个扬声器，还没带什么混响的；电话装不起，初装费要五千块，劳务费要外加一条"中华"；我们总不能"裤头都穿不起，雨伞还用袋装"吧，省省；本来先计划买个BP机的，虽然用起来麻烦，但终归也算是现代化产品，可现在，随着老婆的下岗，这个设想也要泡汤了。

在这之前，我们从来没有想过工厂有一天会关门的，就是想象力再丰富，我们也只能想到儿子能不能"顶替"，退休工资能不能照常。我们是一直为自己的工作而骄傲的，我老婆在国营单位，我在文联机关，按我们温州通俗的说法，我们是最最理想搭配的一对，一个在工厂，实惠；一个在机关，轻松；我们经常会偷偷地羡慕自己，我们的收入虽然不是太多，但它们细水长流啊，旱涝保收啊。

我老婆的单位叫温州肥皂厂，做洗衣洗裤用的肥皂，样子像那种拍人的板砖，但有一个好听的名字，叫"增产肥皂"。在没有洗衣粉、洗洁精、洗涤剂、洗手液的年代，它是很讨人青睐的，用途也非常地广泛。在城市，它可以洗脸、洗手、洗澡、洗衣，是消毒去污的必需品。在农村，它更是高档奢侈的日用品，我们经常可以看到农村的河边，那些埠头石级上，洗衣的农妇村姑在那里不厌其烦地捶打，她们用的是一种叫作"油皂夹"的东西，肥皂是当味精一样用的，涂一点涂一点，然后她们就这样津津有味地捶打半天，然后就把河水弄得花白一片，就很得意。也因此，我老婆厂里的增产肥皂，就一直是紧俏货，甚至是硬通货，可以用来换其他东西。

那些天，老婆派了我许多差使，一趟趟地往返于她的厂里，去运回她的一些东西。她在厂里做会计，有一些书、账

老婆在厂里好好的，突然说下岗就下岗了

簿和杂七杂八的"细软"。她不像一般工人那么简单，只需抽走一个身子，就什么也没有了。我问老婆，厂都没有了，人都散光了，你还拿这些东西做什么？老婆说，现在厂里乱，没有人顾得上这些，我先替厂里保管着，等什么时候有用了，我再拿回去。我狡猾地说，这里面有没有什么厂里的机密？如果有，我们先据为己有，到时候再加个码，拿出来要挟一下。老婆说，做人要厚道，你不能这样小人好不好，你是不是想钱想疯了，想发混乱财啊。她的意思是，下岗归下岗，是大势所趋，跟厂里没有关系，跟领导的积怨也没有关系。老婆是个纯朴的人、细碎的人，任何时候都有忧患情结，不像我们在机关的，平时练就的都是些小心眼和世俗伎俩。

老婆在办公室里整理东西，我暂时没轮着事，就像无头苍蝇一样在他们厂区瞎逛。没有在工厂待过的人，是不知道工厂的味道的。老婆就经常会跟我说一些工厂的细节：赤条条进出的浴室，几百人吃饭的食堂，"抗台抢险"的巡逻，"三班倒"的夜餐，冬天的锅炉房，夏天的酸梅汤……我听起来都觉得生机勃勃，非常地有趣。肥皂厂的风景也是别样的：有宽阔的码头，有很大的煤场，有笔直的厂区道，有高高的反应炉，有垒得像山一样的油桶。站在江边的码头上，能看见瓯江对岸耘田的农民，墨绿而连绵的大山，山上的罗浮双塔，和白绸一样一动不动的瀑布。还有那浓郁的油脂味，油脂是做肥皂的原料，多站一会儿，好像身上也会黏糊起来。这天，老婆的厂里很乱，像灾难电影里的画面，厂房像突然地萧条了，每个路口都有聚集的人，他们和我老婆一样都是厂里的工人，都怀着一种复杂的心情，都在讨论和传递各种消息，他们的脸上一律挂着无奈和茫然，他们这里站站，那里站站，这里听听，那里听听，我也跟着他们走来走去，听到的都是坏消息，肚子也很快地饿荒了……这天，我用自行车把老婆的许多东西驮回来，同时也驮回了老婆灰暗和糟糕的情绪。

在过去，老婆也算是一个活络的人，她会经常地弄一些肥皂给我们家附近的小卖部卖卖。她在厂里当会计，有职位之便可以"假公济私"，说是什么单位需要，其实都是自己另有安排。一箱增产肥皂，厂里拿出来四十八块，给小卖部六十块，不动声色地赚了个差价。在思想还比较保守的当下，在路数还不是很多的眼前，她能有这样的小心思，有另外一条活水注入我们的生活里来，已经算很超前了。

现在，这条路眼看就要被切断了。那些天，我老婆在厂里一定是落油锅一样。回到家还是恍恍惚惚的，和她说话，也好像不和她说一样，有一搭没一搭的；饭吃着吃着，也会突然地停住，像咽下了一块石头；喝水也会无端地呛起来，像喝了很多酒似的，趴在那里就吐起来；思想更像是一条开小差的狗，跑着跑着就折了回来，噌一下又跑无影了。有时候刚从外面回家，屁股颠一颠，又说，我有事再出去一下。也不知去了哪里，回来时魂魄明显地还落在外面。生活的规律也一下子被打得七零八落，早上莫名其妙地起得早了，衣服也不常换了，垃圾堆得到处都是，饭也开得不正常了，烧开水好几次把铁壶也烧漏了。最能检阅人身体和心绪的"做爱"，也被搁置了起来，好像从来就没有过这么回事。有时候在床上，忍不住拿手探了探，或做了很好的铺垫，到了要具体实施时，要么被坚决地拿开了手，要么被很白的眼盯了一下，好像在说，你还真好意思！都这个时候了还想这个！我只得乖乖地抽回了身子，像被冷水冲了个澡，似乎一坚持，就是虐待，实施一下，就是耍流氓。

那段时间，我其实也是特别老实的，像犯了最难听的作风错误。我调到文联的时间不是很长，按理说我应该表现得积极一点，没事也应该待在单位。但那些天我都早早地回家了。我们领导是个极其幽默的人，说，你最近是不是来例假啦？我讪讪地说，比例假还要麻烦，是流产了。

要是往常，我回家的途中都会开个小差，因为我老婆倒车回家一般都会比我晚一点点，我会先拐到别的地方去玩一玩，会展中心的羽毛球馆是我们经常会去的地方，那里有几个老朋友，还有几个市领导，每天下班，我都会径直地奔那里去。现在的领导也是越来越喜欢锻炼了，我们就投其所好，陪他们练球，让他们高兴，就好像《水浒传》里的高俅。但那些天，我不去羽毛球馆改去菜场了。

我要买老婆最喜欢的菜，买吃得爽口的菜，烧得也要比往日认真一点，用力一点，目的只有一个，伺候好老婆，让她安心。就是这样，她吃饭的时候也会无端地挑剔，说这个菜淡了，那个菜咸了，说又不是逢年过节，买那么多菜干什么？我知道她是心情不好才这么说的，我只是看看她，不和她抬杠。等她心里稍稍平和一点，再和她讲讲道理，说天塌大家事，不是你一个人"运背"；说树倒猢狲散，你一个人抱着树哭，也是孤独的；说这是时代进程中出现的新事物，是必定要发生的，就看你怎么去理解和面对了；说我们是怀念毛泽东呢，还是要抱怨邓小平呢，怀念毛泽东，我们就这样穷下去，抱怨邓小平，我们就看着别人进步，自己继续落后？她听着听着也惨淡地笑了。

其实，我老婆也不是那种"铁板一块"的人。她还在上班的时候就已经在外面兼会计了，利用自己的一技之长赚点外快。开始是一个厂，后来是两三个厂。在温州，要想维持生计，要想稍稍地宽裕，总得动动脑筋，总得勤快一点，停滞是没有出路的。她兼的单位有个体的，有事业的，也有股份制的，说起来收入可以，就是人忙一点，做着做着就面黄肌瘦了。我开始不明白这里面的奥妙，心想，她只是做做会计嘛，又不是挑担拉板车，怎么这么吃力啊？后来才知道，她思想里背的包袱太多了，像下雨天担稻草，越担越重。温州的小厂一般都是有两本账的，一本是明的，是假的，是应付检查的；一本是暗的，是真的，是给老板自己看的。换句话说，小厂要是老老实实的，不做点手脚，就只好"空忙赚吆喝"了，或"斧头剁了自己的柄"。因此，小厂在招募会计的时候都会问，会做假账吗？不会做？那就不好意思啦，那就请你另谋高就吧。老婆是国营大厂的会计，经手的项目纷繁复杂，过眼的资产百万千万，她要是使一点"小伎俩"，做做假账，那太小菜一碟了。但老婆是个认真的人，尤其对会计专业，觉得原则如山。她曾经说，我一做假账就有一种犯罪感，心就怦怦乱跳。可见，类似于"杜十娘"那样的人，也是有的。自然，老婆的会计生意也就越兼越少，穷途末路了。

老婆最后一个兼职的公司叫"嘉利龙"，乍一听让人一头雾水，不知道是个什么机构，其实是做竹木器具的，做饭掌、水勺、笔筒、扇骨，产品倒是精致，就是没用。民以食为天，企业以产品为大，一个公司，做着这些不易损坏的东西、难以消耗的东西，不倒闭才怪呢。也就是说，我老婆最后一个"外快"也很快地没有了。

现在我知道了，我老婆的工厂为什么要改制了，道理很简单，和嘉利龙公司有点像，洗衣机普及了，肥皂用得就少了，而奥妙、雕牌、纳爱斯、联合利华等铺天盖地地崛起，等于是最后一刀，直接要命。这些企业，投资一砸就是几个亿，没有像老厂那样沉重的包袱，一切都是全新的，肥皂厂和增产肥皂，就像被逼进了死胡同，就不得不"缴枪投降"了。

温州一直以来就有一句很牛的话——不找市长找市场，说的是下岗工人不等不靠，自谋出路。这其实是很片面的，是站着说话不腰疼。市场环境不好怎么办？没有合适的市场怎么办？没有能力涉足市场怎么办？还有其他因素呢？所以，贸然地高调地找"市场"，肯定是不懂市场规律的。我曾经在电视上看到这样一个情形：东北的一家国营商场改制，要在人事上做些调整，新接手的老板还算不错的，要每个老员工出资五千，算投资入股，还可以优先聘用。这不是挺好吗？但那些老员工没有钱啊，连五千块也没有啊，他们委屈得鼻涕眼泪，觉得老板在刁难他，在欺负他。是啊，我老婆现在也没有钱，我们也没有办法排其他的阵，我们只能束手无措。所以说，"不找市长找市场"是一句废话，是一句不负责任的好高骛远的空话。

这个时候，我们的思路也是相对有限的，根本就没有想到生意这个词，也没有想到我们也可以做生意。我对老婆说，我们不要着急，我们又不是没饭吃，我们只是少了一个人工作，本来四菜一汤的，现在少了一个汤而已，我们心平气和地等一等，说不定机会就来了。我老婆无奈地点点头。她这人就是这一点好，文化不高，但决策性的事情，她还是愿意听我的。

"运好不用起得早"，这是温州的一句老话，说的是你正等着好事吧，正好有一件好事掉到你头上。我杭州的一个朋友托人带话来，说要来温州摆摊"卖房"，说要我给他在温州找个地，还让我给他找个代理，也就是"售楼小姐"，帮他日常打理，然后拿售楼的提成。我犹豫地问朋友，你说的这个售楼小姐，一定要年轻的吗，如果找不到年轻的，售楼大姐要不要？朋友说，大姐好啊，大姐比小姐有经验，比小姐有耐心，我就放心大姐。我这么问的意思，心里是想把老婆推出来，我惦挂着她的事，而我朋友的态度，等于是给我们吃了一颗定心丸，为我们开辟了一条新路。

这位朋友原先也是宣传部门的，以脑子好著称，我们还在傻恋着工作的时候，工作以外的事还很懵懂的时候，他已经在"海边"走来走去了，鞋早就打湿了，他搞的是蜚声杭州的房地产，他想把房子拿到温州卖，觉得温州人有钱，想招揽温州人的生意。

我就把这个消息告诉老婆，她激动得声音都变了，本来是一件很高兴的事情，她却发出了像哭一样的声音，说这是真的吗？说你不会是骗我吧？说我们运气怎么会这么好呢？工厂买断的钱还不知寅时卯月才能到手，即便拿到了，按照我老婆的工龄，也就是一两万块钱，也派不上什么用场。大家都还在混沌迷茫的时候，都还在歇息调整的时候，我们的生活就出现转机了，糊里糊涂就有了一份"第二职业"，好像我们比别人更有能耐似的，我们当然就很高兴。待老婆平静下来，她问我，那我们去哪里给朋友找地方呢？我说，这个我早就想好了，你们的嘉利龙公司。

嘉利龙公司原来就租在外贸大楼，地点在市中的边缘，不近也不远，不闹也不静，做一些试探性的事情最好，摆摊卖房，再合适不过了。公司现在正处在半停顿状态，我老婆找经理一问，想租个小型会议室，经理当场就答应了，还同意免费使用，说，我这里现在正冷清呢，我就买个炮仗雇你们打吧，打打热闹，打打人气，把地打打暖，说不定还能带动我的生机呢。

我们把会议室腾出来，在中间摆了模型，在墙上挂了图纸，这时候还没有所谓的楼书，我老婆就凭着现学的一些"知识"，作为杭州公司的全权代表，在那里接待客人了。她其实对杭州也是没什么概念的，方位也搞不清楚，因此，她的介绍也是半生不熟的，但她的态度是积极的，诚恳的，像刚参加工作的小青年一样满腔热情。我常常在边上暗暗窃笑，当然也为她的急迫和投入感到欣慰。

在整个售楼过程中，老婆印象最深的是一个女客户，她大概四十多岁，长得其貌不扬，衣着也很邋遢，背了个旧军用挎包，她看了一圈图纸后，就问我老婆首付要多少钱？老婆说，八万。那人说，那我买三套。老婆嘴巴都僵了，说你买那么多房子干吗？这是房子，又不是粮食。那人说，三套不多，正好，我自己住一套，两个女儿，一人给她存一套。说着她打开军挎包，倒出二十四万，都是整捆整捆的，有蓝色一捆的，也有绿色一捆的，散了一桌。老婆虽然做过会计，实际上真正接触到现金的机会还是不多的，一下子看到这么多钱，好半天没回过神来。回家后还在感慨，说，这些人真有钱啊。

这是 1994 年，我们都还没有钱，也没有买房的意识，觉得房子就是住的，有住就已经很满足了，没有人会把房子当作商品一样去抢购，去囤积。举一个例子：我单位的一个老师，退休后要回北京老家定居了，他在温州有一处五十平方米的旧房，想处理掉带钱回家。当时市面价是四万左右，他跟我关系比较好，说，你要，就优惠给你，三万。三万能买一套房子，就是纸糊的也是合算的。但我老婆说，我们有房住啊，我们买房子干什么呀。再说了，我们也没有那么多钱。房子就这样被溜掉了。这就是我们当时的想法和窘境，也没有觉得有多少傻，多少可惜。现在再来看嘉利龙买房的女人，她真的叫作有远见啊，她如果那时候就开始炒房了，那更是不得了了。

按照事先的协议，我老婆卖了一套房子，可得七百块钱的回扣，这样我老婆就可以拿到两千一百块钱。这是我老婆下岗后的第一笔收入，但她没有要。她在工厂待了有十几年了，做过各种各样的粗细杂活，已经习惯了出汗费力的劳动，习惯了微薄规律的工资，对这种靠资源优势获取的横财，她还是有点不适应，总觉得自己是在剥削一样。她还说，你朋友只卖了三套房子，他要是多卖掉几套，我也许还好意思一点。真是"无毛的鸡崽替鸭愁"。我杭州的朋友听了也颇为感动，他感慨，现在抢钱都不要命啊，怎么还有这样的人啊，都已经绝迹了。他还说，你老婆一定是个"前人"。前人就是前朝的人。我知道朋友的意思，他是说我老婆老实、未开化、跟不上形势。

那之后，我们还做过很多事，我们不能闲在家里是不是。我们织过毛衫，买了一台简易的织衫机，在家里织啊织的，织好了就挂在铁井栏的毛衫市场里……我们也摆过地摊，在环城路夜市，吃过晚饭把家什运过去，撂地一摆，卖粗劣的海绵乳罩……我们还做过展销，每逢节假日，人民广场都会有各种各样的展卖活动，实际上就是推销积压物品，我们就去租摊位，搭好雨棚，什么都卖，铁锅瓷碗，被单毛巾……但我们都做不长，一是没有自己固定的地点，二是没有自己熟悉的、适销对路的商品，这是关键。所以，失败也是在所难免的。

下决心我们自己开个店

有一天，我们做完爱，我们的气氛还延续着，意犹未尽的手还在摸来摸去，我老婆对我说，我们自己开个店吧，我们认真做个生意。我说好啊好啊，这个时候，我更要支持她了。

老婆正式下岗后，她拿到了一万八千元的买断费。我们曾讨论过今后的打算，我现在在机关谋事，工资马马虎虎还过得去，她再在外面兼个会计，我们"少吃点轻走点"，生活虽然达不到小康，但温饱是没有问题的。我们也曾经讨论过这个买断费，我建议再添入两千，凑个整数，放银行里吃息，或放朋友厂里吃高利贷。呵呵，都是些窝囊、胆小、原地踏步不思进取的想法。

其实，老婆是一直想做个正经生意的。我们前面的那些练摊不算，那是开开玩笑的，要认真了，我都没有同意。为什么？道理很简单。做生意要有"老奸巨猾"的素质，我老婆比较本分，她不是这样的料。做生意也不是百战百胜的，弄不好人不敷出了，血本无归了，那真是北斗朝南了。而我又不能真正地帮她，怎么说我也算半个文化人啊，算个机关干部，我不可能全身而出，她一个人单打独斗，万一有个闪失，我远水救不了她的近火。但现在她下岗了，条件起变化了，我们又尝试过练摊，现在又挑了个关键的时机跟我说，等于拿做爱和缠绵来"要挟"我，我当然不好反对了。我跟她开玩笑说，干部都是这样被拉下水的，吃别人的嘴软，睡别人的腿短，晚节就这样一点点不保了。老婆咯咯地笑起来，说，举例不当，你把我当成什么人了。

老婆计划要开的店是鞋料店。为了支持老婆，我给了她许多"优惠"政策：店面的租金我出、工商管理费我出、每月的营业税我出。我说，如果你店里的东西是代销的，那你等于是一文不出，白手起家，要做成了生意，等于就是"一本万利"。

我们的店开在隔岸路，这是条不大不小的路，和温州所有的路一样，两边都开满了各种各样的小店，有酒食摊、音像店、理发室、洗衣铺、小超市、摸脚穴、电脑复印，不知从什么时候开始，这里也开起了鞋料店。暂时只有两家，一家是卖鞋扣的，一家是卖鞋线的，算专营性质。我老婆开的是鞋杂店。什么叫鞋杂？就是"百草糕"，什么东西都有，胶水、糨糊、帮钳、批刀、鞋蜡、皮擦、包装纸等等等等，一般人听不懂，解释起来要好半天。老婆说，像我们这种形式以前也不是没有，比如南北干鲜果，比如烟酒糖果杂，都是这样的模式。我开玩笑地附和，再比如卖粪桶扁担的"畚扫堆店"。

隔岸路渐渐开出了鞋料店，是因为这里搞了个温州"鞋都"。现在的牌头都乱叫，什么鞋都，其实就是一班小鞋厂挤在一起。隔岸路原来有个著名的企业叫温州茶厂，计划经济时代，茶农不能自己制茶，茶叶都是经过这里加工的、买卖的、出口的，很吃香的，曾经是地方上的利润大户，最多的时候安排就业岗位三千个。现在，茶叶流通的渠道敞开了，茶叶的面貌也越来越神秘了，茶农们就把这个生意拽在了自己手里，他们自己种，自己摘，自己炒，甚至自己打自己的品牌，怎么好听怎么叫，怎么好卖怎么卖，这样，这个国营茶厂马上就倒闭了。但茶厂的地大啊，从人民路边上拐进来，经茶厂桥一路走进来，沿水心河再转过一圈，俨然一个半岛，都是它的地盘。虽然茶厂没了，但机构还在，现在，他们把原来的场地和厂房利用起来，搞起了租赁，已经有大大小小的五十多个鞋厂待在里面，这不就成了鞋都了吗？还有个关键是，这里又和"来福门鞋市"比邻，隔一条马路，从茶厂桥走出去，跨过人民路，就在对面的松台山脚，温州最大的皮鞋集散地就在这里。只要鞋市在附近，茶厂改鞋都就是必然的，而隔岸路，相应的，鞋料店也就越开越多了。

　　据说，温州有一万多家各种各样的鞋厂，有些是上规模上档次的，有些则是"三无牌"的；有些有自己的专卖店，有些只是在商场里租个柜台；还有些就是家庭作坊，前店后厂，老公做老婆卖；最多的是那些自产自销的小厂，样鞋摆在来福门，让全国各地的鞋贩们来挑选，选中了，摆上商场，有了销路，再回头定做，那些小厂就有业务了，就有饭吃了。有这么多的鞋厂，就有那么多给鞋厂供货的鞋料店，哪怕都没有关系，"瞎子鸡啄虫"，捉漏也可以捉个半饱。照这样的理论，我老婆要开个鞋料店，思路和方向都是可行的。

我老婆的店租在"隔岸饭店"的楼下，这里原来是茶厂的食堂，后来被个人承包了，成了对外营业的饭店。承包的人脑子不错，餐饮、娱乐、足浴、KTV都搞，但也许是地段的关系，人留不住，生意一直不暖，所以就把几个临街的包厢理出来，捣出门面租给了我们。就这样，我们的鞋料店就开起来了，虽然像模像样，虽然有我给予的"优惠"做后盾，但毕竟是初次经商，毕竟不知道鞋料的水有多深，路有多远，她还是"醋碟里开荤"，好省就省。

老婆节省的途径有三条，或者说四条，其中有一条还和我有关。

一是她不装电话。店里的电话其实是很要紧的，叫货用电话，问询用电话，催款用电话，没电话就意味着"睁眼瞎"，就意味着信息不灵，甚至意味着服务跟不上。但我老婆坚决不装电话，原因很简单，就是我前面说的，初装费太高。我也去邮局问过这件事，不仅是初装费，还要打通关节，让里面排出一条线来，还要送中华烟给装机的老司，否则，你就是缴了费，电话依旧装不起来。这么麻烦的事，我

店里装起了电话，老婆逢人便说，你们过来打啊

当然也不会答应。但我老婆有办法，她现在店里就有一台装模作样的电话，是老婆向背后那个饭店租来的，是用来装装门面的。按照我老婆的说法，反正饭店的生意也不怎么好，电话空着也是空着，我向他租，他还可以多收个租金，何乐而不为呢。他们就把电话线从楼上放下来，很隐蔽地拐进我们的门框，我们每月向饭店交一百元，饭店则限定我们只许接不许打。这样也好，毕竟也方便了许多，一百元就是摆一台电话装饰，也是合算的。我老婆把电话号码印在了名片上，发名片的时候，都会刻意地提示，我店里有电话啊，你有事只管打啊。对方也无一例外地吃上一惊，说：哇，你店里也有电话啊！有电话好啊，有电话我们要货就方便多啦。我老婆就欣然接应，是啊是啊，没事也可以打啊，多多联系啊。

二是她不叫帮手。开店是最最需要帮手的，特别是我们这种鞋料店，又脏、又重、又累。脏她是不怕的，她本来也不是什么太太小姐，她就是从工厂里出来的，也是从最差的工种摸爬滚打，慢慢才做到会计的。重她也可以安排，她这人嘴甜，逢人就叫，有人就派差事，老司啊，你帮我这个东西搬一下哦。老司啊，你好事做到底，帮我把东西放放好哦。一般也都能如愿。累就没办法了，这是她自己认定的生意，是服务厂家的生意，要赶在厂家上班前下班后，要轻松你去卖手表去，卖化妆品去。不叫帮手最麻烦的就是厂家要货，别看那些小厂作坊，架子都摆得很大，像龙头企业，一个电话打过来，像催命一样，都要你立马把东西送过去，哪怕是几张鞋纸、几条鞋油、几斤鞋钉，都像是天大的恩赐。这样的时候，我老婆只得把店门一拉，或把店门交给隔壁店里，跟他们说，你帮我把店看一下啊，我去去就来啊；有客人的话你先帮我接应一下啊，先叫他坐一坐啊。好在我老婆人缘还不错，她这招基本上也能行得通。

三是她经常地申请打烊。申请打烊是我老婆开店的最大发明。店是开起来了，但生意还是一般。开店不是都能有生意的，生意靠守，生意靠关系，生意靠信用，生意靠服务，这些我们都懂，这得一步一步来。但我们不是着急吗，我们不是有钱了才去经商，我们是下岗了无奈了才来经商的，我们巴不得立马有个起势。而有些费用是没有办法的，店门一开马上就产生了，即使是没有半点生意，它也是铁定的，要我们履行的，比如税，比如租金，比如管理费，你都少不了。后来我们就找了关系，做了税务的工作，设定了一个基本数，"包根"。但即便是包根，我老婆也嫌它贵，就打起了它的主意，想钻它的空子。她平时有事没事经常往税务那边跑，经常地送点小恩小惠，这是我给她出的主意，叫她要惦记着人家，要像浇花一样，经常地浇一浇，初一、十五、端午、中秋，不一定一下子都浇出花来，但等到出事了才找人家，那都已经迟了。这样，我老婆就给税务留下了好印象，觉得这女人勤快，有人情味，有社会流，就对她很客气。于是，我老婆向税务叹苦的时候，税务的同情心也油然而生。

什么冬天不冷，棉鞋没生意啦；什么雨水太多，皮鞋穿得少啦；什么夏季太短，凉鞋穿不上啦；什么换季太快，鞋样吃不准啦……反正都是些"鞋难做鞋难卖"的理由，这些理由都导致了她生意不好。这时候，税务就会悄悄地给她出"主意"，说你打个报告来吧。老婆问，报告怎么打呢？税务说，你刚才不是说了很多生意清淡的理由吗？老婆说，刚才是私下里和你说说的，要拿到台面上去还是不行的。税务支持地说，你就说闲月淡季，申请歇业吧，我们又不是弄虚作假。这样啊，我老婆就心领神会，就堂而皇之地打了报告，说了生意不好的理由，要求歇业休息。税务也装模作样地批了字，同意她歇业，同意免税。这是最重要的。

其实，歇业休息是假，"犹抱琵琶"是真。要真的休息了，我们怎么赚钱呢？门都关了，我们还做什么生意呢？税务的意思是，你把门开一半，意思意思，似开不开，似关没关，我们看见了，就当你关门了，我们没看见，你生意照做，做来都是你自己的，我们睁只眼闭只眼就是。这等于"逃了税又做了生意"，哈哈。

四就是和我有关的一点，我也被老婆拉到店里帮忙来了。叫我帮忙就等于叫了一个免费的打工仔，不仅卖力，而且还可靠。这是我们家眼前的头等大事，我当然义不容辞了。是啊，我们家世代做工，我老婆家也是，现在时代变了，社会也变了，人的价值观更是变了，对事物的看法和理解也不一样了。过去我们以工人为荣，现在我们以贫穷为耻。工人肯定是赚不了大钱的，而贫穷至少证明了两点：一，我们家先天不足，没有什么暗财；二，我们后天也不努力，我们满足于现状，我们活该；我们要告别贫穷，只有做生意。生意是我们做出的重大选择，但也是我们无奈的选择。过去我们谁看得起生意人啊，我们对生意人的词语都是贬义的，什么"十个商人九个奸，剩下一个更刁钻"，是不是。现在我们不这样想了，我们秉承了上面的说法，"发展是硬道理""让一部分人先富起来"，我们现在要发展，我们就是这一部分人。对生意，我们是一窍不通的，心里一点数也没有，我们没有经验可取，也没有前车之鉴，我们更没有太多的钱让我们缴学费，所以我们就摸着石头过河，好省就省。我们要是做得好，钱也赚得来，我们今后就是生意人了，我们的后代也会继承我们的衣钵，我们的身份就会发生根本性的变化。我们要是填表格，就不会再填什么学生啊、工人啊，我们就会填个体经商户或小业主；轮着我们的后代，就会填老板，做大了还可以填企业家，甚至不用做事可以指手画脚的资本家。所以，这等于是一场革命，一场翻身战，我肯定是要参与的。如果我们努力了，仍无起色，仍走不出这条路，我们就认命，再回来也无憾。这是我们的转型期，同心协力，意义非同小可。

我只好去单位请假。我现在的工作是编杂志，不是很忙，两个月一期，我把家里的事情跟领导说了，说上次是老婆下岗，是煎熬；这次是谋求发展，是痛苦的抉择。我把生意说成是我们家的"生死战"，现在正处在"破釜沉舟背水一战"的关头，我要牺牲自己，力挺我老婆，也希望领导做我的坚强后盾，支持我。这一年也确实是非常时期，据说，"下海"一词就是在这前后被生造出来的，似乎没什么道理，却专指"放弃原有工作做生意"，大家一听就懂。温州曾出现过很多生意方面的专用名词，什么"飞马牌"，什么"八大王"，什么"投机倒把"，什么"割资本主义尾巴"，都跟生意有关，都被人穷追猛打过，有的甚至还付出了生命的代价，像飞马牌供销员，就是因为人活络，业务接得好，被枪毙了。我们单位只是个群众团体，不会上纲上线，我们本来也没有什么硬任务，大家又都思想活跃，一时间，很多人都在蠢蠢欲动。很快，有人出国了，有人辞职了，有人"双兔"，有人"内退"，都在外面试着下海。我没有他们那些条件，腰也硬不起来，我只能提一个不三不四的要求——不坐班，把杂志编好，只拿个基本工资，其他什么的都不要，怎样？领导掐指一算，这没有损失啊，也没有耽误啊，还可以拿我的"其他"聘一个临时工，给自己跑跑腿，打打杂，何乐而不为呢，于是，他开恩了一下就"准奏"了。

　　就这样，我请了假，来到了店里，帮老婆一起做生意。我们的分工是：她负责接洽、营业、发展；我比较简单，负责送货。我们店里有两辆送货的车，但都是自行车，一辆蓝色的"小海狮"，是我老婆骑的，送一些可以放在车前篮兜里的小东西。一辆加重的"永久牌"，那是我的坐骑，我还在后座上装了一块板，一次可以垒两大袋鞋撑，或十箱南光树脂，或八个圆桶的包头料……

送货其实是个有损尊严的活。不是指我要用怎样的精神去对付它，或是它和我现在的工作有多大的反差，都不是，我本来也不是什么大人物，我就是一个小编辑，骨子里本来也很贱，在单位受领导和同事的差遣，在店里受老婆的差遣，差不多，所以，我并不计较送货的性质。我苦恼的是我的身份，我毕竟不是一般的打工仔，不是纯粹干苦力的，不是把鞋料丢到对方厂里就可以完事的。我是我老婆的老公，如果我老婆是老板娘，那我就是老板，如果我老婆是总经理，那我就是董事长，送货只是我的一项兼职，我后面还会夹杂着许多责任和许多有碍面子又难以完成的任务。老婆说，你不要光送个货，不要急着回来，顺便去他们厂里看一看，他们用的东西，如果我们也有的，你就把生意拉过来。接了命令，我送货过去的时候，就东看西看，贼眉鼠眼的，像个小偷一样。看中一个我们也有的东西，就恬不知耻地跟他们说，老板，这个东西我们店里也有噢，是不是分一点给我们做做噢？要不要我下次也带点给你们试试噢？老板斜了我一眼，爱理不理的，我就灰溜溜地回来了。

老婆说，他们别的也不做，就做这一样生意，你把东西送去时把账结掉算了。又是命令。我送货过去的时候就到处找签字，仓库签字、车间验收签字、财务主管签字，最后找到老板，我说，这一点钱是不是现钞结了算了？老板理直气壮地说，没有的，我们都是挂账的，我们皮啊、革啊、鞋底啊，这些大宗的东西都挂账，你这些鞋杂还要结现钞？笑话。还说，一般生意我们都是半年付的，个别的我们还有一年付的，你老婆人好，我给她一季付，已经很优待了。呜呼，我哑然，我无地自容，我只能在心里骂，什么东西，"病人还狠过医生"！

从这些厂家出来，我常常会想，要是换到二十年前，我早就和他们打起来了，鸡蛋也要和石头碰一碰。二十年前我血气方刚，二十年前社会也混乱，但现在不行了，现在我得把心思藏起来，把脾气收敛住，我什么也不是，既没有在机关里待过，也没有什么能耐，我就是我老婆的老公，在她店里打工，帮她一起做生意。这是目前她摆脱困境的唯一希望，是她喜欢的寄托，我要任劳任怨地配合她，要努力维护好她的生意环境，不能给她添乱，更不能拆她的台，哪怕是没有了所谓的尊严，我也要忍着吞进肚子里。

当然，送货也有特别高兴的时候。那是有一次送鞋撑，鞋撑是个"胖货"，一千双鞋撑放在自行车后座上就像是一座山。那天下雨，还不是小雨，对方来电话说，急等着鞋撑装鞋，我老婆就叫我快点快点。那个小厂在靠近城郊的横浃，离我们隔岸路大概有六公里路，我急人所急，拼命地骑啊骑，雨衣被风吹得像风帆一样啦啦作响，我的鞋和裤很快就湿透了，头发和衣领也都是冰冷的水，但鞋撑不能淋，淋了雨就会像喝了水一样，装到鞋子里就可能发潮变霉，我就用薄膜把两袋鞋撑包裹好，这样，我身后的鞋撑就像是半空中飞行的热气球，我一路骑车飞奔，路人和车子见了以为是不明飞行物，都纷纷避让。

到了那个小厂，其实就是一间五层的农民屋，被"螺蛳壳里做道场"一样做成了一个皮鞋厂，一楼是办公室兼样品间，二楼是仓库和验收，三楼是复爪和烘干，四楼是车帮和夹帮，五楼是划料和落料，真的是"五脏俱全"。我受了老板的指引把鞋撑搬到二楼，仓库签了字，验收也签了字，大概是看在雨天和路远的面子上，老板叫老板娘把货款给结了，一袋一百块，两袋二百块。我第一次尝到了"收现钞"的滋味，心里居然生出了些许感激，向他们点头哈腰。

回来的路上我一点也不觉得疲惫，似乎还很兴奋，辛苦转化为成果，车也骑得很顺溜。老婆说了，鞋撑是放在我们店里代销的，九十五块一袋，我毛算了一下，这一趟风雨兼程，我赚了十块钱。十块钱是多少？补个轮胎都不够，吃碗点心都不够，洗个头淋个浴都不够，但我们是欢喜快乐的。真的，辛苦是次要的，钱也是次要的，重要的是，我们参与了，投入了，我们在做着一件实实在在的事情。

合伙人等不到收获就走了

我老婆怎么会开鞋料店呢？这应该算是相对比较专业的行业，如果对皮鞋不熟，那么你一双鞋拿在手里，就等于拿了一块石头在手里。说来话长，我老婆刚参加工作时，就是在一个小鞋厂做。我前面说过，温州是中国鞋都，是鞋业基地，跟鞋沾边的"大王"有很多，中王小王更是不计其数。中王小王是指那些规模可以的，质量也不错的，品牌有一定效应的鞋厂。但更多的，则是那些"三无"小厂，无自己厂房，无固定品牌，无质量可言，这样的小厂遍布温州城乡各地，自食其力，也自生自灭。它们不仅解决了许多就业岗位，也推动了产业发展，实际上也烘托了那些明星企业，就像蜡烛一样，燃烧自己，照亮别人。也许有人会问，那些小厂的皮鞋有人穿吗？有，当然有，甚至生意还不错。社会如此之大，富豪毕竟是少数，中产阶级也是少数，大部分人还滞留在温饱线上挣扎，因此，低廉产品的受众，还是很大很大的。

说一个笑话，一次一位行业领导到温州视察工作，地方特意安排了最具温州特色的环城路夜市。环城路白天是交通要道，晚上便乔装打扮，变戏法一样变成了一个夜市。一顶顶花花绿绿的遮阳伞像雨后树林里的野菇在路边冒了出来，一张桌子，路边民居里电灯一接，一个夜摊就这样摆出来了。这是温州工商部门为解决市民练摊而开辟的一个"战场"，没有大买卖，都是些小打小闹的小玩意儿，卖"晨昏鞋"、卖海绵乳罩、卖纸做的皮带、卖塑料的首饰挂件，都是非常漂亮的东西，但质量都缄口不言。在温州，逛环城路夜市是市民晚饭后的最爱。大家买着玩，也卖着玩，没有人想在这里买到世界名牌，也没有人想在这里要成为世界500强。视察的领导也被这里的气氛吸引了，被琳琅满目的产品撩拨着，他饶有兴致地观看。在一个卖晨昏鞋的摊位前，领导停了下来，做关心询问状，当问到晨昏鞋的价格时，领导被吓了一跳，多少？摊主又说了一遍，五块！领导吃惊地再问，五块钱也有鞋子买？摊主坦然地说，当然有，温州就是有，你要好点的也有，八块，但你要明天来，今天没有了。领导好奇地拿起鞋，左看右看，这真是一双漂亮的皮鞋啊，锃亮的漆皮、欧式的沿条、双明线车帮、硬邦邦的背头、鞋底还刻了厂标，就像"元青花"下面的落款，时髦又确凿。领导忍不住地要了一双，在现场大家的怂恿和欢笑中，当即试穿了一下，还装模作样地走了几步。

第二天，领导满载着收获的喜悦要回去了，他一直在为脚下的这双晨昏鞋而激动，但是，在临上车前的一刹那，鞋子出事了，他在跨入小车前被莫名其妙地绊了一下，他试着想再抬抬脚时，又被绊了一下，一看，鞋头像嘴巴一样张着，愕然地瞧着他。领导明显地生气了，这怎么搞的？他虽然是自言自语，但边上的陪同都感到了这是一句批评，忙说，这些小厂的鞋子一直就是个头疼的问题，刹都刹不住。领导说，前面不是已烧了几把火了吗？不会是野火烧不尽，春风吹又生吧……

前面的几把火，指的是在杭州武林门烧的劣质皮鞋，那是正式的规模厂家搞的，是做给"假冒伪劣"看的，和这种本来就"价廉物美"的皮鞋无关。这事如果让我解释，我就告诉这位领导，这种鞋不是给他这种人穿的，也当不得正经皮鞋穿的；那是给那些模特上台亮相时穿的，下台就准备收藏的。再说了，这种鞋本来就不能和质量连在一起，它的出发点不是质量，而是工艺、制造和它的意义。我们要这样想，五块钱您能做什么？但勤劳智慧的温州人能做出一双时髦漂亮的皮鞋，哪怕它只是一双玩具皮鞋，它的思路、它的创意也是新的。您要是这样想了，您就会觉得，它是多么地了不起啊，您就会感叹，温州人是多么有创造力啊，那样，您就会惊奇，就会高兴。

这个笑话也说明，那些大厂跟我们这个店没有关系，我们的店，就是为那些小厂服务的。我们没有钱，我们也不做品牌生意，我们不会做皮啊革啊鞋底啊这些大宗生意，我们只能做做那些鞋杂，这些细而小零而乱的生意，一些质次而价廉的生意。

说起来，我老婆开店也算是熟门熟路的，她最早在鞋厂时，虽然没直接做过鞋，但她在仓库保管过鞋材，知道点做鞋的门道，知道什么是鞋的"正件"，什么是鞋的"辅件"，什么是"鞋杂鞋末"，知道开什么店卖什么东西容易上手。应该说我老婆还是做过"市场调查"的，她的"可行性研究"还是过关的。

　　但是，做鞋料生意光知道什么便宜、什么好做、哪里进货还不行，还要有客源。温州的鞋厂很多，但鞋料店也多，如果说供大于求，鞋料店多于做鞋厂，十个罐子十三个盖，那总有几个盖子是多余的，闲置的，所以，还要靠渊源，靠关系，靠人脉。我老婆刚开店时，靠游说、靠自然客、靠服务态度，但一段时间后她就知道了，这样做是做不长的，是很难做的。那些厂家基本上都有自己固定的供家，我们要打破他们的旧秩序，建立自己的新秩序，让他们把原来的关系舍弃掉，反过来再回头照顾我们的生意，那真的比开天辟地还要难。

　　于是，我老婆在做了几个月生意之后，在尝到了冷清和麻烦之后，决定要在店里请一个顾问——一个她在鞋厂时的老工友，她称之为阿香姨的退休佬。

　　阿香姨大概六十多岁，老婆说，她有许多优势，她在工厂时做过皮鞋，熟知皮鞋的工艺流程；她老公生前也是做皮鞋的，曾在自己家里"自产自销"；她原来就住在来福门一带，鞋市上来往的鞋佬都认识她；她的儿女也都在做鞋料生意，她对鞋料的行情一直就不曾生疏过……我曾经疑惑地问老婆，她在家里好好的，为什么要跟你出来啊？老婆说，她寂寞啊，无聊啊。我又问，那她凭什么要帮你啊？老婆说，谁不想赚钱啊，我们给她诱人的报酬嘛。老婆又说出了阿香姨的秘密——她的子女在分配父亲遗产的时候闹了矛盾，大家都迁怒于她，所以，现在她和子女的关系很微妙；而阿香姨也不想依靠子女，也想自己攒点钱，又苦于独木难支；这样，老婆的橄榄枝一伸，她就答应"出山"了。当然还有最重要的一点，就是老婆说的报酬——看看店，搭搭话，不用投资，利润对半分。这似乎很对一把年纪的阿香姨的胃口。老婆把阿香姨分析得头头是道，自己的计划又振振有词，我也就随她去了。这里说明一下，我这人空讲散讲还可以，具体到生意的细枝末节，我就没辙了，脑子就糨糊一样。

阿香姨就这样"走马上任"来了。她往店里面一坐，好处马上就显现出来了。一是我老婆放心，把店交给阿香姨，就像交给自己的母亲一样；二是阿香姨对鞋料的了解，就像了解自己的眼睛一样，什么东西都能说出个一二三来。还有就是，她坐在店里，我老婆就可以到处乱跑了，跑厂家联络感情，跑市场了解行情。生意的道理就是这样，困则死，跑则活。最大的好处就是混淆了视听，混乱了面目。我老婆毕竟是"初出茅庐"，初涉鞋料，生意要么是厂家应急，临时拿一点，要么是碍于她的热情，勉强照顾一下，这样的生意，步履相当地维艰。阿香姨坐在店里就不一样了，她是老鞋料出身，她一亮相，给人的错觉就是阿香姨老店新开了。和她同时代的人见了，就会问，怎么啦阿香，你又开店啦。一些厂家见了，就会说，怎么来福门不开啦，开隔岸路来啦。她的儿女的朋友见了，就会惊讶，某某妈，你一家都在开店了，你还出来开啊，你想把别人的饭碗都抢走啊。这样的时候，我老婆丝毫没有被"张冠李戴"的不快，也丝毫没有被"篡班夺权"的危机，相反的还将错就错，偷着乐。因为这样的混淆对一个新店来说，无疑是莫大的福音，无形中起了宣传广告的作用，还丰富了人脉。

但是，阿香姨毕竟年纪大了，她的缺陷也是很多很多的，最大的缺陷就是落伍。不是落行业的伍，而是落社会的伍。社会在进步，但人的道德却在沦丧，在下滑。她以前在家里开店时没这么复杂，碰到的都是些纯粹的客户，她不用费别的心思，只需做好自己的买卖。现在不一样了，现在她会经常碰到一些骗子，或者贼，这对她来说是个完全陌生的领域，她既不谙骗子的伎俩，也不知如何去对付防范，她要是碰到这些情况，真的是无奈又无语。

有一天，我老婆跑厂家去了，我也出去送货了，店里只剩下阿香姨留守。这时候，店里来了三个"采购模样"的人。阿香姨精神为之一振，忙迎上去招呼接待。一个问胶水多少钱？问是不是广东的产品？和市场的差价有多少？一个问包头的质量如何？厚度都齐全不？硬度能不能达标？

阿香姨只顾招呼前面，身后被小偷瞄上了都不知道

这分明是调虎离山和声东击西，但阿香姨哪里知道这些"兵法"啊。阿香姨被这些"内行"的问题考试着，应接不暇。正这样津津有味地说着，三个人突然像刹了铘一样戛然走了。阿香姨觉得纳闷，但也没有多想。后来，我老婆回来了。老婆回来都会习惯性地问，今天有生意吗？阿香姨说，生意倒是没有，但有几个人来问过货。老婆狐疑地问，问货？问什么货？阿香姨说，东问西问，问胶水是不是正宗的？问包头的规格齐不齐？老婆哎哟一声，忙奔到桌前检查抽屉——抽屉里，今天的收入，加上昨天的找钱，都不翼而飞了。原来，那三个装模作样的小偷，以询问为由，分散了阿香姨的注意力，以篮球运动战里的挡拆形式，先挡住阿香姨的视线，由另一人迅速插入，行窃得手。教训啊！老婆当然也没有多说什么，但阿香姨则惭愧不已，她恨自己脑笨，没看穿小偷的伎俩，恨自己眼小，一张"树叶"就把她给挡住了。

后来，阿香姨就吃一堑长一智，店里只有她一人坐守时，她就钉在桌前岿然不动，貌似看店，实际上是在守抽屉。有人进来问货，她就雷达一样照着他，坐着应付，不被他调动。两三个人过来问货，她干脆就理都不理。实在是抵挡不住了，就说，我不知道，你要等就等老板娘回来。真要是有人买货了，她也矜持着，等对方把东西挑好，准备付钱了，她才起身稍稍地配合一下。总之，阿香姨现在有经验了，不轻易被诱惑了，不轻易擅离职守了。

但是，道高一尺，魔高一丈，阿香姨稍不留神，又被"敌人"摸了"哨"。这一次，阿香姨中的是"先入为主"的计。早几天，店里就有人过来分名片，说自己在鞋都里面开了店，也是做鞋料的。他做的是革，我们则以包头子跟为主，他的意思是，若有人到我们这里买革或到他那里买包头子跟，双方就互通有无，调剂一下。这是好事啊，等于我们在鞋都里面开了一个窗口，一个连锁店。这事老婆也没有太在意，但处心积虑的人你是防不胜防的，有一句话是怎么说的，不怕贼上门，就怕贼惦记。阿香姨已被人惦记了，你有什么办法呢。一天，也是阿香姨当班，又有人来要东西了，拿出名片，说自己是什么店的，说前些天刚来洽谈过合作。这名片阿香姨有印象，还在抽屉里放着呢，警惕自然就松懈了。那人说要多少包头子跟，要什么厚度什么形状，阿香姨轻而易举地就被调动了，她搬搬这个，又搬搬那个。那人还说，东西先放在这里，等你送货的来了，一并送到他店里。"生意"完毕，那人就走了，阿香姨静下心来后觉得哪里有不对劲——这生意看似热闹，忙活了半天，却什么也没有买啊。他没有提到钱，也没有拿走东西，那他的目的就值得怀疑了。阿香姨赶紧去看抽屉，果然，钱又消失了。开始的时候，阿香姨还抱着一丝希望，觉得那人的名片还在，他的店还开在鞋都里面，跑得了和尚跑不了庙，不怕。这事后来说给我老婆听了，她腰都笑弯了，她说，如果我们现在还相信那名片是真的，那我们真是太幼稚了。当然，她也在检讨和自嘲，说都怪我粗心大意，他当时过来分名片时我就应该有所警惕。又说，他也是花了心思的，等了那么长的时间，放了这么长的线，要是不让他钓点东西回去，他是不甘心的，我们也过意不去。话虽然这么说，也说得轻松，但阿香姨还是很不好意思的，说一定要赔钱。老婆一把拦住，说，我们前面缴的是"高中学费"，这次缴的是"大学学费"，都是正常的损耗，就当是今年的利润少算了一点嘛。呵呵。

再后来，阿香姨又受了一次挫。这一回，来人又换了一个新花样，先是在店里看了半天，最后也买走了一捆包头。一捆包头，二十双四十片，做鞋没有只投二十双的，也没有不配套子跟的，难道他做的是拖鞋，但拖鞋也不是现在的季节啊。本来，只要稍稍地一分析，这些"破绽"马上就暴露出来了。但阿香姨的确年纪大了，的确脑子钝了，她没有想到这里面还有"生财之道"。事后发现，阿香姨收进了一张百元假钞。一捆包头多少钱？四块。而来人就是用这个手段，用百元假钞找走了阿香姨九十六块真钞，呜呼，真是再有经验的老猎手也斗不过年轻聪明的狐狸精啊。

这些事对阿香姨来说是个沉重的打击，时代在进步，她却还在原地踏步，甚至是退步，她已经不适合这种真刀真枪的生意了。老婆说，没关系，你就当是我妈，帮我看看店，你在，我放心，你在，我才可以无牵无挂地跑出去。阿香姨说，我没有帮你什么忙，倒是给你添了不少的乱。老婆开玩笑说，帮忙和添乱比起来，还是帮忙多的，换了别人，也许会更乱。

是啊，店里有个自己人，不知要省了多少的心呢，不用担心消极怠工，不用担心转移材料，不用担心卖多报少……对于阿香姨所产生的损失，我老婆都是一笑了之的。阿香姨也曾多次要求辞职回去，但老婆都以种种理由予以挽留。损失钱，老婆当然是心疼的，以她的秉性（会计一般都很在意钱），以她的处境（下岗后经济更是捉襟见肘），这些钱都好比月亮和太阳。但我知道，老婆现在是别无选择，华山一条路，她只有坚持着，才能够最终走出去。其实，我更知道，老婆心里还有个更大的目标，这个目标急需阿香姨的辅助，这些辅助是什么呢？只有老婆清楚，只有老婆知道它的价值。从这个角度讲，阿香姨就是一个"巨大的利润"。

这段时间，老婆任由店里的"松散"和"出乱"，也就是说，店里有做没做，她都无所谓，是亏是赢，她都可以接受。她就是一门心思，趁这个机会，跑厂家，跑业务，联络感情，建立门路，想在短短的时间里尽快地积蓄后劲。在她看来，生意的好坏是一时一刻的，而没有"后劲"是怎么也走不远的。这段时间，阿香姨被我老婆牢牢地陷在店里，每天就这样"温吞汤煮牛肉"，生意偶有做做，小错也凑巧犯犯，但没有关系，她的"贡献"在那里，她在"润物细无声"，在不知不觉地发生作用……

时间就这么杂乱、匆促、熬人地过去了，到了年底，这个店尽管还开着，但就像北京人说的，空忙赚吆喝。不过也有收获，那就是收获了"名声"。做鞋的人都知道了，隔岸路新开的那家鞋料店，老板娘是我老婆，她勤勉，热情，好说话，不计较，生意似乎像孕育着，已看到日后的苗头了。而阿香姨，勉强熬到了年底，效益清汤寡水，期待也成了泡影，这不是她的初衷，她早已没了兴趣，她真的要走了。这时候，我老婆当然也是好话说尽，当然也意思意思地挽留，但心里已经是放弃了——随阿香姨去吧。

第二年春节，大年初一，我老婆一大早就去阿香姨家里拜年，连她自己的父母都排在阿香姨之后，可见阿香姨在她心里的位置。她送的礼很重，是温州市面上最高的规格，她真的把阿香姨当作救星，当作引路人，在她开店最最关键的时刻，是阿香姨在后面帮助了她，支撑了她，推动着她。

之后的每年春节，我老婆都一如既往地第一个到阿香姨家里去，这当然有感情的成分，但我觉得她更有"还愿"的成分。我曾经问过老婆这件事，你当初是真心邀请阿香姨加盟吗？你就没有利用她的成分吗？店里稍有起色后，你是不是就不想留她了？是不是故意放任了她的"小错"？是不是"导演"了她的离开？对于我这些问题，老婆没有正面回答，也不作解释，她笑笑说，你都这样想了，我还能说什么呢？老婆又说，你说我故意，我说没有，你肯定说我假，但我对我们的店是尽心的。仔细想想，我老婆也是没错的，她也是在黑暗中求索，也是为了店里的"最大利益"，当然也做到了"仁至义尽"，这也是发展的硬道理，也是一种生存方式和生存法则，我慢慢地也接受了。人们习惯把一些聪明又好玩的做法称为"农民的狡猾"，其实，工人要是狡猾起来，肯定比农民还厉害。

讨债逃债是温州经济的特色

温州在人情方面是有许多优良传统的，比如借钱，比如借东西，温州人有句话叫"有借有还再借不难"。我小时候住在一个大院子里，有十八户人家，关系像亲人一样融和，财物也不分彼此。放学回家，门进不去，先在隔壁玩一会儿；爸妈一时回不来的，会嘱咐一句，饭就在某某家吃吧；家里缺点什么的，就问隔壁邻居，你家什么东西借我一下噢；经济一时周转不过的，也会从邻居那里临时调剂；只用一句话，等过年发了补贴一并还上。这借的背后不仅有社会道德，还有做事的规矩，不仅有温暖的人情，还有相互的信任，以及自我的形象等千丝万缕的东西交织着。

现在，社会是进步了，但上述这些软性的东西却退化了，人们自私地保留了借钱借物的传统，而有意将人情和信用削减了，丢弃了。也不知从什么时候开始，温州的生意也生出了这种"赊账"的顽疾，赊账，欠账，再赊，再欠，还了前面的老账，又赊起后面的新账，最终，欠的人还不清了，而讨的人也讨不动了。秩序被人为地恶化了，而有人则喜欢这种恶化，不是说人们不愿意奉公守法，而是更多的人喜欢浑水摸鱼。所以，从一开始开店，我们就卷入了这种赊账讨债逃债的旋涡之中。我曾经和老婆说，别看这么多人热衷于赊账逃债，但大家对这个还是深恶痛绝的。现在从我们店做起，我们坚决抵制赊账之风，宁愿单刀落，也不要零碎剐，也就是说，宁愿打个折一次性结清，也不要吊死鬼一样这样吊着。但是做不到啊，我们一做就觉得障碍重重。有人过来买东西，你说要现金，他掉头就走，还说，现在哪还有卖现金的？你把东西送到厂家，你要他结算，他说，那你拿回去吧，难道还要不到东西不成？账被他欠了不说，还被他奚落了一顿。我们的力量太渺小了，我们撼不动温州生意的陋习，我们只坚持了一小会儿，自己不得不败下阵来。没办法，大家都这样，我们洁身自好有什么用，"逼良为娼"啊。

前面说过，我老婆很在乎钱，一是我们穷怕了，二是她本来就是个会计出身，所谓斤斤计较就是老婆这些人的特点。虽然她接受了赊账的现实，但心里头还是相当抵触的，一旦被欠，焦虑、担心、吃不好、睡不着，还加上埋怨。这些都让我心疼，也让我纠结，谁让我是她的老公呢，谁让我支持她做这个生意呢。老公有什么用？老公就是在老婆困难的时候挺身而出，就是在老婆烦恼的时候来替她分忧。于是，无尽的麻烦——讨债，就落在了我的头上。其实，我哪里会讨债呢，讨债一点也不是我的特长。

讨债不分大债小债，性质都一样，都得觍下脸来，都得堆上谄笑，而相对于大债来说，讨小债更没劲，更窝囊。比较窝囊的讨债有那么几次——

　　第一次是一个熟人，我们曾经在环城路练过夜摊，那是多年以前，我老婆练的是"晨昏鞋"，她练的是"假奶大"，那时候，布乳罩已无奈地退出了历史舞台，海绵乳罩刚开始羞涩地流行，那时候，好像温州的女人一下子都丰满了，一个个"挺美挺好"。我老婆也时常从她那里弄一些乳罩送人，我们没有特殊的交往，但因为是隔壁摊，互有照应，关系还算融洽。就是这个人，她的家就住在来福门附近，大概是受了鞋市热闹的诱惑，现在也赶起了时髦，不卖乳罩做皮鞋了。她也从我们店里拿鞋料，虽然都是些小东西，但积少成多，慢慢地也积到了千八百块。我老婆曾说，她卖乳罩不是挺好的吗？她没钱做什么鞋啊？这是无奈的抱怨。这样的抱怨每天都像鞭炮一样在我耳边响着，又像鞭子一样无时无刻不在抽打着我。我曾经好几次到这个熟人家里去，因为熟，每次去了我都觉得很难堪，她给你泡茶，给你让座，你自己就不好意思开口了，只好拖着。有几次在路上碰到她，我也刻意地堵过她，她也不回避，说自己没有钱，说要等鞋子运出去，钱才能够回过来。她说得不对吗？很对。有不想还的意思吗？一点也没有。但就是拿她没办法，只好等着。她到我店里拿东西时则说得更好，说鞋子运出去了，说对方也卖光了，钱已经走在路上了，就是还没到。我们还要为她的消息高兴，在为她高兴的同时，又不得不把东西再赊给她。不给吧，显得没人情味，有釜底抽薪的味道；给吧，是在赊上又赊，债上加债。我老婆也说，这就叫"旧疤未愈又添新伤痕"。后来有一天，我得知她有钱之后立刻叫上老婆一起去纠缠。一般来说，男人讨债比较干脆，有就有，没有也不会死缠烂打。女人就不一样，女人讨债会声泪俱下，会诅咒自己，说自己身体不好啦，说等着钱看病啦，软硬兼施就是想把钱磨回来。我说我们一唱一和，一红一白，这个钱就到手了。我们约好，满怀希望去她家拿钱。但是，但是，等我们到了她家，噢不，实际上还没到她家，只是到了她家的巷口，我们就被消防队拦住了，巷口都是人，地上都是水，近处有消防员在走来走去，远处有房子还冒着余烟，定睛一看，我们那熟人也站在那里，看看房子，抹抹眼泪，用脚踢踢抢出来的东西，捂着脸又抽泣一阵。我和老婆都明白了，她家里遭受火灾了。做鞋的材料都是易燃品，胶、皮料、香蕉水，这些东西，稍不留神，溅上点火星，红火就不可避免了。我们站在那里，我们不知说什么好，我们要再跟那熟人提钱的事，我们就太不厚道了，我们马上会背上许多骂名，什么落井下石，什么认钱不认人，我们还怎么做生意啊。我们就乖乖地回来了。

我们开店，亲戚们也为我们高兴，经常会介绍一些朋友过来，他们的本意是好的，是想照顾我们生意，但实际上很为难我们，我们也很难堪。如果是陌生人，我们该怎样就怎样，不用讲面子陪口水，但朋友就不一样了，如果他要赊、他要便宜、他还有别的要求，我们都不好回绝，不好坚持，我们还得装出客气和高兴，来感谢他的支持和惠顾。

一位亲戚的朋友，原来是个老师，他本来教书好好的，但也被"全民皆商"的热潮影响了，下海做鞋去了。他在我们店里拿了不少东西，但他毕竟是老师出身，还能善解人意，他会在一定的间隔里结一次账，似乎在说，他也是有面子的，并不完全赊账。这其实更让我们揪心，因为他结掉的往往是五百，再赊的可能就是一千，我们的赊账不仅没有丝毫的削减，反而聚沙成塔，在不断地递增。我们只好强忍着煎熬，加倍地关注他的生产动静。

对于老师做鞋，我们心里是忐忑不安的，老师怎么会做鞋呢？他能做好鞋吗？他做的鞋会有市场吗？他如果有一项做不好，我们的赊账也就泡汤了。做鞋是一项复杂又烦琐的工艺，不光有技术和设备的要求，还要了解市场的趋势，要知道社会的审美，要有鞋的美学概念，要懂得鞋的最佳搭配，才能准确把握好鞋的定位，这之间稍有失调和疙瘩，这双鞋就看不顺眼了，它的市场效应就呆滞了，它最终也是没有出路的。我常常像猫候老鼠一样去老师家附近蹲点，看看他家里有没有异常的动静，看看他家人有没有不祥的表情，来猜揣和判断他的鞋厂状况。有时候，我也会直接找上门去，想碰碰这位老师，毕竟是他欠我们的，而不是我们欠他的，我没有必要躲躲闪闪。但我很少碰到这位老师，碰到的都是他的妻子。刚开始，我没有发现什么"不祥"，我只是发现他们家有点凌乱，还有他妻子尴尬的表情，我想，没有秩序的家庭都是凌乱的，而尴尬，是因为夫妻吵架引起的吗？这些凌乱和尴尬与做鞋有关系吗？是因为做鞋导致了他的失败？还是因为失败导致了他们的吵架？想到这些，我心里也不免担忧起来。我把"所见所闻"说给我老婆听，她也不免有些紧张起来。我们先是去通报了一下亲戚，意思是我们"丑话说在前头"，到时候要是翻脸了，别怪我们没有打招呼。后来，在等待了一段时间之后，我们就按捺不住了。我们去了老师家，我们仍旧没碰到那位老师，碰到的还是他的妻子。老师的妻子倒是坦然，见了我们一点也没有吃惊，更没有惧怕，大有"债多不愁""虱多不痒"的派头。我们说明了来意，她表示非常理解，并逮住我们大叹苦衷，大倒苦水。她的话大致有这么几层意思：她说，我已经有半个月没有看见他了，他大概是不要这个家了，想和他那些鞋共生死了。她说，我一开始就不同意他做鞋，在学校教书好好的，像被鬼跟住了一样，一定要做鞋。她说，做鞋都是些什么人啊？是他这种人能做的吗？做鞋一看就觉得复杂，而老师都是些什么脑啊？说得好听点是"照书读"，说得不好听就是缺一根螺丝。

她还说，自从他做了鞋之后我们就天天吵架，他的鞋做不出来我们吵，做坏了我们也吵，他把家里的钱花光了我们吵，他欠了债我们更加吵。最后她说，反正我们也要离婚了，反正这个家已被他糟得差不多了。我也不知道他欠你们多少债，家里就这些东西，你看中了什么你就搬吧，搬完了我也要回娘家了。我老婆拿眼看看我，好像有埋怨的意思，好像在说，你这是怎么"踩点"的？他们家都到了这地步了，你怎么才知道啊？我下意识地看了看他们家，冰箱已被人搬走了，也不是什么好冰箱，因为地上还有漏水的痕迹；五斗柜上面也已经空了，那是原来摆电视的地方，有一个方方的灰尘印还在那里；沙发是自己在家里打的，又大又笨，根本搬不出门……但是，我也从老婆眼里看到了"恻隐"，好像在说，这债还能讨吗？讨下去有意思吗？我老婆对她说，你家老师是我亲戚介绍的，麻烦你告诉一下我家亲戚，说这个债我们不要了。老婆还说，婚就不要离了，做鞋本来就难，做好做坏的都有，做鞋把婚姻也做掉了，我们听起来也不好受。

回来的路上，我老婆一言不发。我知道，她尽管不要了这个债，但心里面还是不能释怀的，这毕竟是辛苦做下的生意，现在连本带利都打水漂漂了。当然，我也是一言不发，我是说不了响话，毕竟讨债的任务是我的，责任也是我的，"打埋伏反把自己给掩埋了"，失职又渎职，还有什么话好说的。这是件窝囊的事，倒霉的事。这件事我也很无奈，就是无奈没有办法控制，什么事都没有百分之百的，就像我们温州一句很著名的话：等你扒猪屎，猪也拉肚子了。

窝囊的讨债还在延续。一对南阳兄弟，租在我们店不远的农民屋里做鞋，感觉鞋也做得不错，来拿东西的时候都是挑最好的，很快就赊起了一笔账。说实话，我们对南阳人是没有好感的，改革开放初期，温州发生过许多诈骗案，骗钱、骗人、骗机器、骗房子，都是南阳人干的，特别是他们发明的"连环骗"，在外面很臭，声名狼藉。我开始不懂得什么叫连环骗，后来知道了，也觉得他们确实是下了功夫的，煞费苦心的。为了骗取一样东西，他们可以组团参与，不是简单的一骗了之，而是一个个环节设计好，一步步引你入骗，骗得你心服口服，骗了还坚信自己没有被骗。所以，当南阳兄弟欠起了一定金额之后，我就和老婆决定，他们要是再来拿东西，我们就坚决现钞，起码也是"这趟结了上趟"的，否则，一根鞋带也别想拿走。我们这样坚持着，南阳人也没有办法。说到底，我们已经不想发展他的生意了，他要是嫌我们抠门，那让他去找豪爽的店家去吧。

南阳人的厂，我也是去过好多次的，我看到的情况是：鞋做得有板有眼，气氛紧张热闹。我回来跟老婆说，看来南阳人还是精做的。意思是说，虽然量少，但质量还是讲究的。按理说，我们对精做的人还是钦佩的，因为温州有太多的"假冒伪劣"了，他能够精做，至少说明他还有品牌意识，还是求上进的。我老婆说，还是要小心为妙，小心无大错。我就有事没事地经常去看看，也不是每一次都深入他们厂里，那样太过于小气了，我一般都是在附近观察，像侦察兵一样，看看他有没有生产，有没有纸箱发出来，有没有车来车往，有没有人影走动，这些都有，说明他的秩序是正常的。只要他生产正常，总有缓过气来的时候，还债理论上说是没有问题的，无非是迟早一点。他们的厂总是人声鼎沸的，食堂里总有炊烟在袅起，楼上总有车帮的声音哒哒地传出来，也有笃笃的夹帮声此起彼伏。特别是他们的门口，空坦上总会摆着几个纸箱，是装鞋用的那种纸箱，这预示着他们又有新鞋要装箱了，在等待着运往远方，一种生机勃勃发展有序的态势展现在那里，我还有什么好担心的，我心里当然是欣慰的。我们希望看到客户赚钱，赚得越多越好，赚得多轮子转起来就顺；我们不希望看到客户倒闭，他倒闭了，被恶性循环的就是我们，我们是靠了他们才能发家致富的。

但是，突然有一天，我发现了一个现象，我惊出了一身冷汗——那些摆在外面的纸箱基本上一成不变，每次都是四只，没有三只，也没有五只，好像就是这四只搬进搬出，像演戏一样，这就很说明问题，说明这些纸箱是道具，是摆设，是摆给人看的，就是一个幌子，而背后玩的是阴谋。我预感到了不妙，但一时还想不出会发生什么后果。

终于有一天，我再去南阳人厂里的时候，门口已围起了许多人，大家七嘴八舌地哇啦哇啦，我走近一看，厂里已空无一人，也空无一物。再仔细一听，说是南阳人跑了，他的厂也跑了。那些人都在诉说着自己的遭遇，有说被骗了多少皮的，有说被骗了多少革的，有说被骗了鞋底和胶水的，有说被骗了鞋机的，都是些大宗的东西，值钱的东西，都被南阳人"空手套白狼"一样套走了。我摸摸自己心里，还好，和他们比起来，我们被骗的东西还都是"小儿科"，仅是些包头子跟而已，真是不幸中的万幸。

原来，南阳人玩了一个"障眼法"，他弄了几个人在厂里"做鞋"，这些人很可能就是他的同伙，他们一开始就是在演戏，看似在厂里做鞋，实际上就是几十双鞋在做做样子，在"流水线"上转来转去，让人们看见他生产得很正常，然后把赊来的东西不断地运往另一个"黑点"，或直接就把它倒卖掉。他们的目的就是骗，骗才是他们的生意。他们从来也没有想过要做鞋，做鞋多麻烦啊，做鞋就是骗局中的一个环节。现在，他们赚了一把，玩得差不多了，或觉得玩不下去了，就一夜之间从人间蒸发了。

大家看着一片狼藉的厂房，心里也感叹南阳人的手段，想象力真是丰富啊，骗得也煞费苦心啊。感叹完了，大家又回过头来埋怨那个房东，说你租房给他，怎么不问问他的人品啊？说你怎么眼瞎啦？这样的演戏也看不出来啊？房东也在叹苦，说我又不是他的跟屁虫，天天跟在他后面啊，我只是租房给他，只是抽空过来看看，我又不是他的保正。说做鞋其实我也看不懂，你们看懂的不也是没有看出来吗？又说，他用了我的水我的电，他还欠我的房租呢。噢，这南阳人，连房租也没交，捉鸡连米也不舍得下，抠门到家了。最后，大家也就是自嘲一下，也没有什么好怪的，要怪就怪自己有眼无珠。

这事怎么回去和老婆说呢，真的没法说，说自己被南阳人骗了，这么窝囊这么倒霉的事，怎么说得出口？老婆会

我偷偷发现，南阳人把"鞋子"运来运去的，原来是在演戏

说，你心呢？你眼呢？你怎么尽干些糊涂事？或者她嘴里不说，但心里肯定是怨怼的。这件事我得琢磨一下，不然，不仅逃走了钱，还有损自己形象，还可能危及家庭地位。

很快，我想好了，我准备牺牲一下自己的私房钱，来换取南阳人的欠"债"，虽然有些心疼，但和自己的形象地位比起来，这点心疼又算得了什么呢？这样，我就装作高高兴兴地回来了，老婆见了我这个样子，就知道我今天有所斩获，胜利而归了。我告诉老婆今天撞了个正着，南阳人想溜也溜不掉，他就是有一千个不情愿，也没用。讨债有个"规矩"，不管大钱小钱，不管重要不重要，谁早谁优先，我今天是捷足先登了。我把准备好的钱都递给了老婆，我说，这就是埋伏了几天的收获，对付南阳人就是一刻也不能放松，一点也不用客气。老婆也说，对他们的仁慈，就是对自己的伤害。老婆拿到钱，马上就笑逐颜开了。看着老婆高兴的样子，我心里也马上舒坦了，那点小小的心疼也早早地溜走了，私房钱，只能慢慢地再攒了。我们做生意为什么？不就是这样"连本带利"地收入囊中吗？夫妻关系靠什么？不就是靠这些一点一滴的无私奉献吗？只是，这件事千万不能让老婆知道，不能"沉渣泛起"，要烂也要烂在肚子里。

鸟枪换炮带来的麻烦

开店的第二年，老婆就抑制不住兴奋地问我，你觉得，前一年，我们这个店是赚还是亏？我仔细想了想，想想鞋料微不足道的赚头，想想老婆东跑西跑的徒劳，想想阿香姨啼笑皆非的失误，想想赊账逃债的损失，我说，不亏已经很不错了。老婆说，我们赚了一只手。说这话的时候，她还展开一只手在我眼前晃了晃，美滋滋的样子。我往大里猜，五千？老婆说，不对。我又往小里猜，这么说是五百？老婆说，呸呸呸，你不会说得好听一点啊，运气都被你说坏了。然后她说，是五万。我啊了一声，这样的景象也赚五万啊？老婆说，集腋成裘嘛，就算是捡捡钱角子，一年乘起来也是很可观的。这无疑给我们打了一针强心剂，老婆也明显地定下了精神。她开始走出了下岗的阴影，对鞋料也心里有数，充满信心了。我也觉得自己的假是请对了，放弃了单位的小头，收获了家里的大头，关键是家里的气氛也是空前地好。

有了钱之后，第一件事就是买摩托车。我支持老婆买。这是 1995 年，自备车几乎还没有听到，摩托车也是很大的奢侈品。买摩托车对我们来说是非常实用的，可以减少路途的辛苦，可以轻松地运送东西，可以装点一下自己的身价，老婆要是出去跑业务，骑了摩托车，就好像早些年那些阔佬戴金手链金项链一样，让别人觉得你有底心，有尊严。要问摩托车多少钱？本田的、女式的、黑款的、市区蓝牌的、发动机 50 型的，要两万八。要是市区黄牌的、红色本田的、发动机 125 的、号码好一点的，一手还买不到，二手也要三万多。

那段时间，我们先借了一辆摩托车起早摸黑地练。那段时间，交通法规好像也不是那么健全，也没有培训驾校，我们两个无证的家伙居然也在路上砰砰地乱开。当然，我们也是守安全的，我们趁着月黑风高，趁着路人稀少，开的也基本是屋旁的小路。这样磕磕碰碰地开了半个月，其间，我还烫伤过一次，是老婆骑车我扶助的时候，她骑不住了，控制不了了，嘴里哇啦哇啦地乱叫，车像慢镜头一样倒了下来，我没有办法，为了不让她摔倒，我只好像黄继光一样顶了上去，结果，小腿被排气管烫伤了。她也有过一次惊险的历程，骑在车上脑子突然空白了，油门不知道了，挡也不知道了，人完全被摩托车驾驭了，像脱了缰的野马，瞎着眼往前奔。我在她后面拉着车，坠着屁股拼命想制造点摩擦力，但也无济于事，车子拉着我们像飞一样，最后把我们摔倒在一个垃圾堆里才停了下来。当然，后来，功夫不负有心人，我们的考试都非常顺利，什么涉水、门洞、单边桥、九曲路，我们都做得很好，一闪而过。

拿到驾照后我们马上去买了一辆摩托车，是崭新的本田50型，花了两万八，我们过去一直在"醋碟子里开荤"，我们什么时候买过这样奢侈的物品啊，我们的感觉非常好，好像真的已经富起来了。特别是我老婆，得意的劲儿完全暴露了出来。早上出车的时候，她会叫得很响，老公，我走了啊。然后我们整幢楼都听到了她发动摩托车的声音，预热的声音，拉油门的声音，最后是按着喇叭呼啸而去的声音。晚上回来的时候也是，本来可以从小路直插到我们楼前的，她却故意地舍近求远，绕到居委会前面，绕到自行车车库那里，这个时候，居委会前一般都会有许多人，车库前也会有叮叮当当的自行车进出，我老婆就放慢了速度开过来，接着，我们可以想象，她的身后，立即就响起了一片扑哧扑哧的议论声。

　　蓝牌摩托车是不能带人的，尤其是不能乘载成年人，于是，老婆开她的摩托车，我还是骑我的自行车。碰到她早点出去，她骑摩托车走了，而我则骑着自行车慢慢地悠出来，先不说别人怎样看我，我自己都觉得有点寒酸。要是轮着我早点去店里开门，她在家里收拾完家务出来，我在路上吱呀吱呀地骑着，一会儿就会被呼啸而来的她赶了上来，她会故意地拉响油门，制造出紧张气氛，然后逼近我，从我的身边一闪而过。那些燃烧不尽的油烟喷在我前面，像狠狠地甩了我一个大嘴巴子。

　　自从老婆店里有了赢利，自从她买了摩托车，我明显感觉到老婆在我面前神气了，威风了，她开着摩托车总是那么带劲。这个时候，拥有摩托车的家庭还是不多的，因此，她在隔岸路一带进进出出，俨然就是一道风景。为了配合骑车，她还特地去买了一套皮衣皮裤，皮靴皮手套，除了气质上稍稍地差那么一点外，乍一看完全就是个警察范儿。

她说话的口气也明显变了，她要是去那些厂家，她会对我说，这里交给你啊，别东走西走，有什么客人来了，别像个木头似的，出来接应一下，把他稳住，等我回来再说。然后跨上摩托车，点火拉油门，轰的一下蹿出去，有点"绝尘"而去的派头。

这直接带来了她地位的提升。以前她下岗的时候可不是这样的，束手无措，神志恍惚，精神一下子就崩溃了，好像天塌了一样，碰到一点点事都问我怎么办怎么办？现在好像突然地长进了，什么事都好像小事一桩，什么话都好像似听非听，最典型的就是去买"二哥大"，连招呼也不打，多大的用处都不知道，眼睛眨都不眨，八千块就出去了。要知道，前面，我们想买个BP机都是犹豫再三的，现在的二哥大可是非常"牛×"的。

我当然也为她高兴，为我们这个家庭高兴，家庭条件好了，现状改善了，就是好事，就是硬道理。即便是自己的形象受挫一点，地位受压一点，又有什么关系呢，家庭的总体形象还是在提升的，有美誉的。但有时候，我心里也会不平衡起来，酸味泛滥，我会拿她的二哥大开开玩笑，说二哥大是"狗撒尿"，每次使用都要跑到电线杆下，叉着脚在那里喂啊喂啊。有时候，她在外面转了一圈，灰头土脸地回来，我就知道，一定是基站坏了或信号不好，我就奚落她揶揄她，怎么啦？气味没找着啊？哈哈哈。二哥大是手机的前身，但和手机有着本质的区别，通俗地讲，手机是高频无线发射，而二哥大是靠附近的基站传送。基站一般都装在电线杆上，隔一段距离都会有一个，没有基站的二哥大等于一块小砖头，但二哥大毕竟也是当时我们身份的象征。

夫妻间的玩笑一般都没有什么恶意，顶多也就是出出气，发泄一下情绪。但老婆听出了我话里有话，感觉出了我心里的不快。过了一段时间，她给我也买了一辆本田125，市区黄牌的，虽然是二手货，但也要三万多啊，我当然十分满意，觉得这是自己情绪斗争的胜利，也大大满足了我的自尊心虚荣心。现在，我也骑上了摩托车，至少在外人眼里有那么几个信号：这个家庭的条件可以、这对夫妻的关系融洽、他们在家里的地位平等。

每天早上，我们从车库里出来，看车人会用羡慕的眼光看着我们，我老婆的摩托车是崭新的，发动机性能很好，开出来的声音很好听，嗖的一下，像划过一道黑色的弧线。我的摩托车虽然旧了点，火花塞的接触也不怎么好，排气管也有点漏气，开起来杂音很大，但也是闪过一片红光。我们一前一后开进隔岸路，两辆车同时停在店门口，让人家感觉到这两个人很时尚，这个店很有繁忙的气氛。

我们骑着摩托车，每天在隔岸路
进进出出的，风光极了

有了摩托车，我来回送货也方便多了。如果距离远，如果运的东西多，我也会骑得满头大汗，形象上也会稍显狼狈，但给厂家的印象却完全不同了。这个我亲身体会到了，当我的摩托车砰砰地临近他们厂房的时候，他们里面的人都会提前地抬起头来，瞪大眼睛，好像在说，看，这个送货的也骑摩托车啊。好像在说，别小看这个送货的，身上的价码可是不菲啊。这也带来了厂家对我的尊重，有时候他们会倚在我的摩托车上抽烟，有时候会拍拍我的车说，让我骑一圈兜兜风怎样？总之，摩托车让我心里生出了自信，也悄然改变了供需两者的关系。

最最风光的是我回单位的时候，那是我每月领工资的日子，人也特别地多，虽然这几百块钱我已经不把它当回事了，但回单位时的炫耀，我还是在意的。我在炫耀自己当初的决定，在炫耀自己的成功，每一次都有点"荣归"的味道。我们单位大多数人都还在骑自行车，自行车排在单位门口，看上去又单薄又凌乱，我的摩托车在它们边上一放，看上去就壮实就威风。砰砰的声音还会引得楼上的同事钻出头来看，我会听到他们透着大气，也会听到他们啧啧的羡慕。每次去单位，我还会特地带上几包好烟，是硬壳的中华，是当时最好的烟，也被称之为老板烟和领导烟。碰见那些抽烟的同事，我会潇洒地甩过去一包，轻描淡写地说，破烟破烟，抽抽看抽抽看。他们都无一例外地抱拳接住，哈腰说，发财烟发财烟，快活吃快活吃。看着他们的样子，我心里的自豪感也会油然而生。我来到文联的时间不长，论资历和业务我都是小字辈，我什么也没有，什么也不是，但这会儿我明显感觉到我比他们风光，明显感觉到他们和我精神上的差距。这都是生意带来的，是摩托车带来的，是我们的鞋料店带来的，鞋料店就是好就是好。

生意继续做，接下来的日子，我们又买了"大哥大"。事实证明，当初人们对二哥大的尊重是应该的，因为当第一批大哥大出现在温州市场的时候，因为数量有限，就是先考虑二哥大的用户，是用二哥大去换。

我们还装了三部电话，翻开电话簿，找到我老婆的名字，挨在一起的是同名同姓的三个人，一个写着水心，一个写着隔岸路，一个写着浙南鞋料市场，不知道的以为是三个人，其实这三个都是我老婆，一部是水心家里的，一部是隔岸路店里的，一部是鞋料市场的新门市部的，时髦的说法叫"连锁店"。

我老婆更忙了，我也更忙了，我们要这个店跑跑，那个店跑跑，去会见客人，去洽谈业务。我们店里也叫起了许多帮手，有专门调度的，有专门送货的，有专门接电话的，有专门跑厂家解决问题的。我和老婆又重新做了分工，她负责联络厂家感情，开拓生意业务；我负责解决内部矛盾，处理外部纠纷。也许我在机关里待久了，除了有几手油嘴滑舌的本事，还具备了遇事不怵的优点，其实也没有什么大用，现在的社会，鳝鱼还咬地头蛇呢，谁怕谁啊，我只是在尽力地维护着和谐、稳定、来之不易的生意环境罢了。

我们也买了车，不再是摩托车，摩托车只风光了一小阵子，等一般人都能买摩托车了，我们也显现出寒碜了。我们要嫌弃摩托车的时候理由是很多的，有的还很矫情，说它开着受风，说它夏天晒，冬天冷；说它是肉包铁，身体都露在外面，要撞上什么就没命了；说现在的环境多脏啊，骑摩托车等于在吃别人的尾气。于是，我们就买了汽车，汽车我们就不怕风吹雨打了，我们就不怕撞了，我们就让别人吃我们的尾气了。我们一次性地买了两辆，都是二手的，老婆是小一点的奥拓，我是老一点的普桑，尽管小和老，但终归是自备车啊，当一般人还在温饱线上挣扎的时候，当一般人还没有什么固定资产的时候，我们这样的车也是很发光的，说起来也是很好听的。

这时候，我们送货就不是自行车、摩托车了，我们是自备车。货物装在我们的车里，我们乐意。虽然我们车上被印了"自备车"字样很难看，但我们开出去还是很惹眼的，许多做鞋的厂家都还没有自备车呢，他们羡慕啊，他们在猜测我们的生意啊，说一个鞋料店，看不出来呵，还挺好的。但他们不知道我老婆干得辛苦，不知道我们背后有多少辛酸。

过了一段时间，我们又买了运货的车，是那种柳州五菱，我们俗称它"小四轮"，还不止一辆，一下就买了三辆，别以为三辆车有多少吓人的，其实没什么，这种车崭新的也就是四五万，三辆车也抵不上我那辆普桑呢。有了运货的车，我们的感觉就更好了，有点大企业的派头，厂家要是要货，我们就会爽快地答应，好，你稍等片刻，我马上派车运去。那些厂家也会互相告知，说还是我们店好，有运货专车，俨然一个车队，方便又快捷。这无形中也增加了我们的生意。

车多，费用就大，油费、保险、养路费、保养费，还不包括磕磕碰碰后的修理费。最最讨厌的是年检。有人说我矫情，说别人连车都没有，你有了车了倒喊起苦来了。但这是真的，一点也不矫情。这个时候，温州刚兴起买车的热潮，与车有关的单位都把自己做成了一个产业，车检部门尤其垄断，唯他独尊，一点点瑕疵都不让你过去，什么轮胎跑偏、刹车太软、离合太深、排气有异味、大灯焦距不准，都得推倒重来，都得凭他们的介绍，到指定的单位去补修。来来去去，往往一辆车都要检一个上午，没有一次不是汗流浃背的。因此，我们把五辆车的牌照尾数都挑在了一起，比如都是5，我们就在五月里匀出几天，专门对付年检。

所谓"风头和霉头两隔壁"，"方便和麻烦成正比"。年检适应了，紧跟着纠结的就是车辆的查扣。运货的规矩太多了，开始的时候是跨区不能运，比如市区的牌照，不能开到乡下去，浙CA的，不能开到浙CB去，开去了会怎样？罚款，说的也有道理，说你养路费都缴在市区呢，你现在开的是我们乡下的路呢。车子开着开着，突然被叫住了，碰到"热头气"的，罚款还不算，还要扣车。试想，那边厂家正翘首以盼地等米下锅，我们的车却因为一点点意外被扣在路上，千呼万唤去不了，不仅耽误了生意，形象和信誉还大打折扣。后来还有很多这样不能开那样不能开的规矩，弄得有一段时间真想把车给砸了。

有车的日子，我最怕司机打电话来，电话一响，我就浑身哆嗦；电话一响，就说明车出事情了。说车被扣在哪里哪里啦，快找关系捞吧。这话说起来轻松，其实我身上的臭汗、头上的无名火已经冒出来了。哪里说捞就能捞的，哪里每个地方都有关系的。偏偏也就有不吃这一套的，也许他刚好被领导批评过，也许他刚好和老婆吵过架，我们正撞上他的枪口了，我们就吃不了兜着走了。有一次，一车的货往龙湾开，在白楼下那个转弯处超速了，被交警扣了下来，好不容易问清了地点赶过去，没说上一句话，交警自顾走了，说明天到队里处理吧。那一刻，面对陌生的地盘，面对茫然的关系，一车货无助委屈地扣在停车场里，像一个走失了爹妈的小孩，真是"叫天天不应，叫地地不灵"。

那段时间，我在外面吃饭喝酒最注意两种人：一是交警，二是运管处的。在一些活动啊、聚会啊、同学会、工友会的场合，我逢人便问有没有这方面的朋友，有就像蜜蜂见了花一样凑上去，牵个线怎样？介绍一下怎样？迫切和焦急的程度几近于失态。有人一定会问，好好地运货开车，怕什么呀？着什么急啊？各位有所不知，我们生意虽然好了，稳定了，但鞋料的赚头小啊，难做啊。我曾经悄悄地做过这方面的调查，十个做鞋料的人里面，有四个是亏的，有两个是混口吃的，有两个是空忙赚吆喝的，只有两个是有赢利的，而这两个赚的，也是在生意的过程里做了许多手脚，违反了许多规矩而得来的。没有规矩就不成方圆。规矩是谁定的？就是交警和运管定的，所以，我们才会怕他们，像老鼠见了猫似的。

像瑞安的一个厂家，来电说要二十件化学片，这是好事啊，但二十件东西要运到瑞安就不合算了，赚头付油费都不够，更何况还有过路费、车辆折旧、工资什么的，算起来还要倒贴。所以我们才会冒险，会不得已来一次超载。我们会说服对方，说反正你这个东西还要用的，又不是永远不用了，何不多备一些呢？我们一次性运过去算了。对方说，你说得倒轻巧，你免费啊，你白送啊，你这么多东西运过来，我放哪里啊？我不用饭给它吃，也要屋给它住，还是先放在你自己仓库吧。我们就骗他，已经接到上家的电话了，棉花马上就要涨了，胶水也跟着要涨了，所以化学片是势在必涨的，你还是存点起来吧。做鞋的都是精打细算的，这样一说，他们就勉强答应了，说好吧好吧，说知道你们会做生意，运吧运吧。于是，我们就满满地装了一车，小四轮限载一吨半，我们装了三吨，从生意的角度说，这样才有点赚，才不会白跑一趟，但风险也随之来了。这样的车一上路，明显是吃力的，走起来像孕妇一样，车身都快压到轮胎了，火眼金睛的交警隔远就看见了，等车慢慢地开近，他会客气地向车招手，好像有什么优惠给车似的，把车引到路边，意思意思地敬个礼，对不起，车子先扣着，罚款也从天而降。

还有就是运胶水。胶水也是鞋料的主打商品，但胶水是危险品，运输有严格的限制，要由专业部门来代运。规范、安全，我们都懂，我们也不是蛮干的人。但交给别人运，我们赚什么呢？你一定要自己运，也可以啊，要配专职的司机、要定期参加培训、要申领特许的资格证，还要有专用的危险品车辆，这怎么可能，我们是鞋料店，不是化工厂，我们要是把这些都配齐了，办好了，我们一个店专门养它还不够。所以，我们只能"偷"，偷偷摸摸，偷这个偷那个，个体经济基本上都是靠偷的，不是我们不愿意遵纪守法，而是规矩了、老实了，根本就不能生存。所谓夹缝中生存，就是像我们这种纠结的状况。因此，我们运胶水的时候，都要起早贪黑，或披星戴月，说得时髦点像夜游神一样，说得怀旧点像过去的淘粪工人，目的就是为了躲避那些运管人员，趁他们休息或睡觉的时候，我们捉他们的"手后"。但往往运管人员也很敬业，比我们还敬业。他们和我们之间的斗争已经不是一天两天了，我们知道他们的活动规律，他们也知道我们的所思所想，要么比我们睡得迟，要么比我们起得早，简直是斗智斗勇。所以，他们就像寄生在我们肚子里的蛔虫，很适应我们的环境，也依赖着我们的营养。我们背地里都叫他们"半夜鸡叫"，就像那个长工高玉宝的东家，那个著名的周扒皮，我们还沉浸在睡梦里的时候，他们已经起来了，比我们还勤勉。他们专门埋伏在我们车子经过的路上，还不敢在光明磊落的地方，专门在隐蔽处，像那些见不得人的"特务""暗哨"，等我们的车子一驶近，他们就冷不丁地跳出来，捉我们一个"现行"，等我们乖乖地投降，接受他们的处理处罚。我们真的不愿意做这个"贼"，但我们没有办法。我老婆对他们这种行为也很反感，她有一句很著名的话，说把化工的东西做到药里食品里都没有人管，我们就是多运一点点胶水，他们就这样挖空心思地捉我们。她想不通。

这样的时候，司机求援的电话就像催命一样打过来，我们被交警逮住啦，我们被运管逮住啦，我的大脑立刻就嗡的一声，汗就淋雨一样下来了。你还不能怪司机，说句《南征北战》里的台词，"不是我们无能，而是共军太狡猾了"，他也是为了这个店，为了生计，也很辛苦的。冷静下来后，我就拼命地搜罗关系，硬着头皮去找交警，找运管。说实话，我也是很不擅长打交道的人，尽管有熟人牵线，尽管前面也打了铺垫，但毕竟还是求人啊，非常地尴尬，也非常地猥琐。我们送礼给别人，好像是在偷别人东西似的，我们求别人办事，好像是从别人兜里掏钱似的。但我老婆不这么想，她的思路正相反，她说，他们最喜欢我们找他了，他们不能白穿了这身衣服是不是，他们平时吃什么，就是吃我们这些人，我们不找他，他们就没有吃的，所以，找他们就是给他们一次创收的机会，他们巴不得呢。老婆说的也不无道理，但毕竟是我们犯了事，总不能找他还趾高气扬的。也的确像我老婆说的，一找一个准，基本上都能摆平。当然，送礼是主要的，面子是次要的，有时候还是"女儿大于娘"，就是说，送出的礼比赚来的钱还要大，有时甚至比罚款还要大。那这样说起来，我们情愿给他罚款还合算一点，还干脆一点，还少了许多麻烦是不是？也不是这么说的。老婆说，这种事，你是不能用钱来衡量的，你要反过来想：花这么多钱，买来了一种社会关系，还是合算的。现在的社会，什么关系这么好找啊？现在做什么事不靠关系啊？这是辩证法。

官司像一把恶狠狠的刀

生意是越来越难做了，但生意又是不得不做的。没做过生意的人不知道，以为做生意很风光，有个店面，有几个员工，每天有东西进进出出，每天有人坐在店里说说笑笑，其实圈外的人不知道，那是骑虎难下，是生活所迫，是无奈之举。简单说吧，店里、工场里、仓库里这么多东西怎么办？扔掉不要吗？被厂家赊的账，欠的债，每一笔都是连本带利的，挥挥手一笔勾销了吗？还有我们欠别人的，比如供应商放在这里的东西，厂家让我们试用的东西，同行调剂一下借的东西，这些东西都流到下家去了，有的只付了个定金，有的只付了一半，有的则完全是先拿去再说，连个条子也没有，怎么办，拍拍屁股逃走吗？硬着头皮赖掉吗？但人还在温州啊，还得在温州生活啊。所以说，生意也像是一张网，粘上了，就难以脱身了。干脆一开始就亏了，血本无归，颗粒无收，那就快刀斩乱麻，洗手不干了，也好。关键是老婆做得还可以啊，基础打下了，信誉起来了，口碑还不错，我们就停不下来了。

不停，就得开拓新思路，研究新问题。我们碰到的新问题就是打官司。官司都是不得已才打的，都是气不过了，咽不下这口气。官司对于我们老百姓来说都是天大的事情，官司在我们民间是有很多微词的，民间觉得，人民内部矛盾，是有很多办法解决的，商议、调解、相让，退一步海阔天空。只有"敌我矛盾"，才不得不打官司。官司的一些辅助词也是挺难听的，打官司、吃官司、官司缠身、输了、败了，反正都是些纠结的词，不愉快的词。和官司相关的词也都是没情没义的——我们法庭上见！再说了，打官司多么麻烦啊，从有想法的第一天开始，直到官司结束，人力物力都得煎熬，也许后续还没完没了。尽管后来我们对官司也有了一些溢美之词，什么社会进步了，什么法制观念加强了，等等，这都是说得好听，真要是把谁告起来，这个仇就算是结下了。

我们的官司当然都是和欠债啊逃债啊有关。其实，厂家的这些债，我们都是有思想准备的，这都是规律之中的事，虽然不规范，我们也慢慢地"入行随俗"了，无奈地接受了。关键是事出有因，事生变故，事情往恶的方向发展，我们就不得不拿起官司的武器，来捍卫自己的权益。

就说赊账，说好了这月付上月的，后来厂家赖皮了，说一月太勤，要三月一付；三月也答应了，后来又说半年；最后还口出狂言，说，我为什么要先付你啊，我放银行里还可以吃利息啊。

还有就是故意恶语相向，本来都好好的，突然说你质量不好了，说鞋做得不好都是你材料质量造成的，欠账说都不要说了，这批鞋你买买掉算了。

还有就是无端地找碴，比如化学片的尺寸是110×70的，一件二十张，他一张张量过来，有一张108×70的，就说你质量不达标，账面要减。又比如四百一十斤的铁桶乳胶，都用了三百八十斤了，最后掺了五十斤水进去，反说胶水怎么越用越稀了，是不是假货啊。人要是心生了邪念，就什么事都干得出来。

我们选择厂家也都是慎之又慎的，生意之前，我们都会到兄弟店问问，去市场打听打听，如果说，这个厂是个"牛皮糖"，已进了"黑名单"，我们就宁愿不做，敬而远之。我们也是上门看八字的，看厂家的面目，看厂家的管理，面目清爽的，管理有序的，这个厂就是好的。还有就是看老板表现，老板敬业，没日没夜，里里外外一把手，这样的厂一般也都是有起色的。但人是会变的，有个老板，妻子出国了，小三跟了起来，我老婆说，再多的钱也经不起小三弹花一样。有个老板，讲享受了，雇了经理，支票也拿在别人手里开，我老婆说，经济是命脉，命脉捏在别人手里，倒场是迟早的事情。还有个老板，忘了创业阶段的艰难，嫌做鞋赚得细，赚得慢，追求快速致富，迷上了打赌，我老婆说，十赌九输，他饭吃到头了，翻身无日了。这些，让我们对原来的赊账欠账失去信心了，觉得遥遥无期了，我老婆就说，路湿早脱鞋，我们就只好打官司了。

第一次打官司是我们最痛苦的选择，"索莲托"的老板，本来我们做得都像朋友一样了，老板的外甥女还是我老婆的同学。我们和他的生意，除了我们的东西好、服务好，还多了点友情在里边。但不知怎么的，索莲托的情况越来越坏。有人说他太好高，生产线别人一条二条，他投了七条；有人说他太心凶，做鞋已经很吃力了，还在外面搞什么商场；有人说他太奢侈，花天酒地，还跟了两个随从，搞得像皇帝一样。总之，已经是积重难返了。我们的账也是一天拖一天，初一回十五，到了后来，我们去他厂里都觉得难为情了，碰见他都不知道说什么好了。没办法，我们还出了一个蹩脚的讨债方法，忍痛把八十多岁的老岳父请出来，每天一早，我把岳父送到索莲托门口，他再气喘吁吁地摸进老板的办公室，也不吵也不闹，就跟老板天南地北地闲聊，饿了吃点干粮，渴了讨点水喝，比上班的员工还正常，坐到下班，我再把他接回来。我们如此的"下策"也是不得已啊，我们怎么舍得让岳父去受这个罪呢？我们想，老板可能会心生慈悲，会念老人的面子，把我们的账还掉。但我们想错了，老板根本就不吃这一套，我们的"苦肉计"丝毫没有动摇老板的铁心，任凭你岳父坐着，他也无动于衷。无奈之下，我老婆选择了官司。我跟老婆说，你自己想好啊，官司一打，脸皮就撕破了，这条路就彻底断了，什么朋友啊同学啊都一笔勾销了。老婆说，他执意不把我们当回事，我也没办法，除非我们的钱也不要了？那我们还做生意干什么？我们做慈善好了。老婆又说，官司也只是讨债的一种方式嘛，农民还告过政府呢，有什么嘛，农民还不是照样活吗？我哭笑不得，我说，那是农民不知道好歹，农民把政府告了，县长就得站在被告席上，农民让县长丢了面子，县长心里若过不去，那农民还有好日子过的？这个时候，老婆官司的决心已下，什么话也听不进去了，我也拗不过她了。

打官司说起来是一句话，但做起来就有很多事，而这些事，老婆肯定是不会做的，只有我来做。我把索莲托的账单收起来，把老板签了字的条子收起来，把申诉材料写起来，去法院缴费立案。老婆本来还想请个律师，她是电影里看的，以为打官司都要有个律师在那里说呀说的，我告诉她，我们又不用什么辩护，我们这件事很简单，"三块板两条缝"，我们提供了东西，他把我们的东西用了，现在他不想还钱了，想赖这笔账了，俗话说，欠债还钱，天经地义，我自己就可以辩护。为了稳当起见，我还通过熟人找了经济庭的关系，为什么？我还是为老婆着想，她毕竟还在做生意，还要跟人家接触，我私下里跟法官说了我的顾虑，我不想把对方打得太惨，给对方留点面子，官司太让自己占上风了，别人会难堪的，这样不好。法官说有数了。

官司开庭前要进行法庭调查，我请了假，陪老婆一起去。调查时，老婆一直在诉说委屈，我们连本带利，我们做得这么好，说了多少好话，跑了多少冤枉路，我们把年迈的岳父都请出来了，名正言顺的事，居然还做得这么憋屈，我们若要是有计可施，我们打官司干吗呀。法官密密点头，表示理解。

调查完了，我们从电梯里出来，正好碰见了索莲托的老板和他的外甥女，那个尴尬呀，完全可以用"震撼"来形容。我发现老婆都不敢看他们，他们也一样，虽然没有到"仇人相见"的分上，但也是那种"形同陌路"的眼神，非常地咬人。关键是老板的外甥女，我老婆的同学，她进电梯时鼻孔里还"哼"了一声，声音很小，但我们听起来却非常地刺耳。这事好像完全地逆转了，好像对的是他们，错的是我们；他们在正经做生意，我们在狗屁倒灶；他们是正人君子，我们是狗肚子鸡肠；他们豪情万丈，我们忘恩负义。这个感觉非常糟，给老婆也带来了很大的压力，那天晚上，她饭也没有吃，夜里还做了噩梦，躺在床上缩着身子声泪俱下。

这场官司最后也没有打成，在法院熟人的调解下，双方就坐在法官的办公室里达成了意向，其实也是无奈的意向。索莲托的老板没有来，来的是他的外甥女，开口就说，事情已经这样了，再念一下旧情，欠账打对折，怎样？这个时候，老婆的意志已经在慢慢地消解，没打官司之前，她理直气壮，打起了官司，没想到那么多的心理煎熬，又迫于法官的思想工作，迫于现场的那份尴尬，老婆眼一闭，签字接受了。

钱是拿了一点回来，但总体上还是亏的，亏了成本，亏了利润，亏了时间，亏了心情，还赔上了法院的费用。至于朋友关系同学关系，就不去说了，永远地没有了。圈子里还流传起了许多妄语，说我老婆把谁谁告起来了，把谁谁告死了，好像我老婆是个很坏的人，人家都已经很困难了，你还把人家往绝路上逼。呜呜。

再后来，有一段时间，生意明显地坏了，来店里坐坐的人也少了，私下里一打听，说，谁还敢和你们做生意啊，万一被你们告了，打官司，吃不了还要兜着走呢。

我告诉老婆，没关系，慢慢解释吧，总有机会的，总会有人理解的。再说了，又不是我们一个被欠账的，肯定还有很多人对欠账"肉也咬他不下"的。这些人，眼下是迫于民间对官司的认识，才隐忍着，委屈着，其实也是早就想清算他修理他了。就是不和他打官司，大家一起说说他，唾沫也会把他淹死。只不过我们是先吃了一只"螃蟹"而已。

那些拿别人东西的人，欠别人债的人，准备赖的人，他们是丝毫没有不好意思的，丝毫没有羞耻之心的，你听听他们是怎么说的：要鞋料哪里有自己垫钱的？都是赊的，都是欠的，要是连这一点也欠不起，那你不要做鞋料嘛。这话刺激吧，就像在剜你的肉。还有：不告还有个面子，还可以喝杯酒，告一告，一分钱也没有。照他这么说，就像那个小品里演的，黄世仁真要去求杨白劳了。这样的事，以后肯定还会有的，我们小心行事就是。

后来，我们又打了一场官司。欠债的人总是有一些赖账的说法的，还振振有词，什么"要钱没有，要命有一条"，什么"真右不怕你真会讨"，什么话，真右你就不用还了？要无赖就可以当饭吃啦？真是"病人还狠过医生"。官司，就是被这样的人气起来打的。这一次，我们吸取了上次的教训，为了不让自己纠结，我们委托了一个律师。经过前面的一次官司，我们的心理承受能力也加强了，我们不急，我们也慢慢耗。

我们和律师签了合同，缴了钱，按了手印，律师帮我们写诉状，帮我们复印资料，帮我们跑工商局调档案，帮我们出面和法官谈，一切停当，择日携上我老婆开庭去了。

我们在一个叫东郊的法庭开庭，对方没有来，根本不把我们当回事，因此，那天的开庭就像是一个形式，除了法官，就是我们，我们没费什么口舌，没花一枪一弹，都是我们说了算。几天后，我们拿到了"民事判决书"，摘要如下：

原告某某某为与被告某某鞋业公司、某某某买卖合同纠纷一案，于2004年7月8日向本院起诉。本院于当日立案受理后，依法组成合议庭，于2004年12月10日公开开庭进行了审理。原告某某某及其委托代理人某某某到庭参加诉讼，被告某某鞋业公司、某某某经本院合法传唤无正当理由拒不到庭。本案现已审理终结。

经审理查明：原告与被告之间素有业务往来。

2003年1月至5月期间，被告结欠原告货款53854元。2003年6月1日，被告向原告出具一张欠条，后一直以各种理由予以推诿而不还款。故原告诉至法院，提出上述之诉求。

本院认为，被告向原告出具欠条，应当按照欠款数额予以偿还。双方虽没有明确约定付款期限，但在原告主张权利后，被告应在合理时间内予以积极偿还。但被告至今未偿还原告货款，已经构成违约，并承担赔偿利息损失的违约责任。原告主张从起诉之日起按日利率万分之三点五计算利息损失，符合法律规定，本院予以支持。因被告某某鞋业公司系有限责任公司形式，执照尚未注销，公司主体资格还在，具有法律的执行义务。据此，依照《中华人民共和国合同法》第一百五十九条、第一百零七条，《中华人民共和国民事诉讼法》第六十四条、第一百三十条之规定，判决如下：

一、被告某某鞋业公司于本判决生效之日起十日内支付原告某某某货款53854元及利息（利息从2004年7月8日起，按日利率万分之三点五计算至判决确定的履行之日）。

二、如果未按本判决指定的期间履行偿还货款义务，应当依照《中华人民共和国民事诉讼法》第二百二十九条之规定，加倍支付迟延履行期间的债

务利息。

三、法院不支持原告的其他诉讼要求。

四、案件受理费780元，由原告某某某负担300元，被告某某鞋业公司负担480元。

如不服判决，可在判决书送达之日起十五日内向本院递交上诉状，并按对方当事人的人数提交副本，上诉于中级人民法院。

审判长、审判员、人民陪审员、书记员　若干

大家都看到了，我们的官司全面胜利，判决书写得也顺畅清楚，结论肯定凿实。而实际上不是这样的，我们虽然赢得了官司，其实只是赢在了文字上，我们既没有见到人，也没有拿到钱，甚至有些诉求还得不到法庭的支持。反过来说，我们的对手才是全面地胜利，他们视法律如粪土，笑法庭形同虚设，传他也不来，根本就不尿你。我们问法官接下来怎么办？法官也是摊摊手，他们跟我们说了一大堆执行难的苦衷，说这是众所周知的大难题，是全国现象，他们就是想执行，也没法执行，也没有地方执行。那个鞋业公司，名称还在，执照还在，法人还在，厂房还在，就是人找不到了，设备也没有了。这是对法庭和法官以及我们的莫大的嘲弄。

现在，这个官司的档案、判决书什么的，装进一个硬壳

的文件袋，就放在我们床边的床头柜里，与那些裤头啊、袜子啊、脚布啊为伍，我们上床下床，只要拉一拉抽屉，都会看得见，已经好几年了。这些年，我们还搬了几次家，我几次劝老婆把这些东西扔了，但老婆一直舍不得扔，也不知为什么，是作为一次失败的经历来告诫自己？还是作为一次疼痛的回忆来提醒自己？官司难打，官司大家都不喜欢，官司赢了也不一定有用，赢了也拿不到钱，甚至赢了比输了更难看。我们知道，生意和官司是水火不相容的，官司和生意又是交织在一起的，我们不是清高，我们就是要不得它。这其实也是我们唯一的一个官司文本，有一个就够了。

官司不打，不等于生意顺利，不等于平安无事。官司不打，不等于怨气在消解，不等于没有更大的情绪在酝酿，也许还会有更扭曲的办法和手段来对待它，也就是说，这口气肯定是要出的，只不过是通过自己的形式，做出极端的事情。于是，我们就听到了很多因为讨债而生出的无奈的事情。有人家里的玻璃被涂了油漆，有人家里的门锁被502胶水冻了，有人家里的下水道被人堵了，晚上一回家，别人家的粪便也漫到自己家里来了。有人汽车被刺了轮胎，有人仓库被挖了墙脚，有人变压器被烧了柱头。有人赶到国外，找到欠家剁了他一只手或把他的脚筋挑了。有人什么也没做，就发了一条短信：你有本事把你全家人都带起来逃，否则，我第一个先把你的孙子搞死。是什么造成了这样负面的结果啊，这是我们多么不愿意看到的啊。

这些下三烂的事，我当然是不会去做的。因为我们是文明人，不是粗野人。我们也不是正儿八经的生意人，我们是下岗了、为了生计、被迫做了生意。我们想顺顺当当、平平安安地过生活，不想打架斗殴，不想提心吊胆。因为我们知道生意有生意的规律，生意有生意的不测，我们只有顺其自然，在过程里慢慢平静、慢慢满足。

鞋料店既像民政局又像劳动局

鞋料店开到一定的规模，很多事情就出来了，就是亲戚们看见你宽裕了，有条件了，就有很多人找上门来了，有些很久很久都没有联系的亲戚，这会儿突然地出现了，你说他们会有什么事情？要么借钱，这个我和老婆说好了，坚决不能开这个口，一开就像是水库决口，就控制不住了；要么就是让你安排工作，这个还可以商量，反正我们也要用人嘛，用谁都是用。没办法，我们只得像过去的民政局一样，不断地收人；然后又像劳动局一样，给他们安排工作，解决他们的吃饭问题。

这些年，温州和全国其他地方一样，也倒闭了许多工厂，像我老婆原先的肥皂厂，本来还是个国家企业，在所谓改制的洪流中，说没有就没有了。没有了怎么办？这些人就散落在社会上，就失业了，像无头的苍蝇一样到处乱撞。前面说的"不找市长找市场"，意思是自己去摸索，自己去打拼。其实也是说得好听，哪有那么多市场好找，哪有那么容易的事情好打拼。只好找我们这些已经有点水性的、能在海里扑腾几下的人了。

开始的时候是嫡系亲戚来找，比如哥哥嫂子、大姐二姐；再就是远房的表亲；再就是亲戚的朋友或朋友的亲戚。按理说，用完全没有关系的打工仔，还不如用自己的嫡亲旁系，可靠，信任，但不能保证他们都会全心全意，假如他们的心思游离了，消极怠工了，你碍着面子说也不是，不说也不是，时间一久，我们就知道那句话的味道了，叫"沾在手上的什么什么，甩也甩不掉"。

经常碰到的问题有这么几个：

一是纪律。曾经有一个亲戚，上班老是迟到，来了又玩玩电脑，出勤不出力，我们做了很多工作，说你这样会影响全局的，他却说，难道我们也要像打工仔一样吗？无奈，犹豫了再三，我们还是把他给辞了。我们的亲戚关系也告急了。他母亲到现在还不和我们说话，逢人就说我们无情，说我们苛刻，说年轻人都是这样的，早上要睡，迟一点有什么关系，玩一下又有什么关系，又不是政府机关，窗口单位，搞得这么正式干什么？真是你说天，她说地。

二是工资。工资是个难伺候的问题，亲戚朋友的身份本来就很优越，要么是本地人，要么是企业下岗，和那些农村出来的、从来没见过世面的打工仔不同，他们觉得自己应该享有什么样的待遇。而我们是鞋料店，是个体，是普工性质，要"身兼数职"什么都干，工资也是相对而言的，这就和他的理想有悬殊了，心里的疙瘩也就生起来了。

三是"位置"。都是自己的亲戚，本来也没有什么差距的，现在你搞得好了，他们心里就不平衡了，要和你争一争"指挥权"。比如我老婆的哥哥，老觉得在妹妹手下干活有点错位，有失尊严，觉得小时候都是他为她挡风遮雨的，现在等于是寄妹妹的篱下，心里那个失衡啊。于是，抬杠，设置障碍，非得在一些地方说了算不可，弄得小小的店里内耗不止，还要生出许多心思去应对这个。原以为多一个亲戚就会多一份力量，其实正相反，是多了一块绊脚石。没办法，毕竟是哥哥，我们只好妥协，另开了一家鞋料店，办好证，铺好底，送给他。说好了"井水不犯河水"，其实哪里脱得了干系啊，他出去进货还是要报我的名；他要赊人家的账，人家还是会挂在我的名下；他要是和人家起了纠纷，还是要我们出面摆平。真是请神容易送神难啊。

从这个意义上说，用外地人，用农民工，用打工仔，后续的麻烦就会少很多。不满意的、达不到要求的、不听话的、改正不了的，大不了多赔点工资，走人了事。但用外地人也有头疼的地方，他们都会"打雷公"。打雷公是温州一句家喻户晓的土话，不知是不是这几个字，也不知出处在哪里，反正一说都懂，就是利用工作之便偷偷地攒钱，不知不觉地攒钱，从这个字面上去解释，打雷公应该叫"打累工"，积累的累，工分的工，呵呵。

我们平时在店里的时间不多，我们有更要紧的事情要办，大部分时间，店里、仓库里、工场里都是以他们为主，虽然也有管理，但管理毕竟是少数，而他们是大多数，阶层自然就分化开了，甚至对立起来了。谁是我们的敌人，谁是我们的朋友，这个问题是革命的首要问题。战争时期如此，和平的利益时期更是如此。而这些道理，作为革命的无产阶级，不学就懂。这样说了，他们就是在为我们这个敌人工作，他们要偷偷地打敌人的雷公，就很好理解了。曾经在别处听到过这样一句话，说看店若没有打雷公，傻瓜要看啊。言下之意是，来看店，就是看中了能打雷公的机会。

打雷公的方式有好多种，略举一二：一是利用盘存的机会截留货物。每个月底，我们的店、仓库、工场都会清点一下库存，看起来很规范，其实，真要是错了，我们也无从查起，因为每天都有东西进进出出，你不知道是哪一天错的，哪一个环节错的，哪个人手里错的。而有心人总是不会浪费一点点机会的。我们拿着本子煞有介事地一堆堆货物对过来，比如这一堆货物是五十件，而他装模作样地一数，报了四十六件，那么，这被他漏掉的四件，就是他的收入，他悄悄地处理后，就成了他的外快了。二是高价卖出，低价记账。这往往发生在零售环节，比如一件化学片一百八十，他逮住了一个生客，过路客，宰了他二百，这二十块就直接进了他的腰包了。我们一般要求在生意发生后收集客人的信息，手机、厂家、经常使用的货物，如果这条账目上没有这些信息，他说忘了问了，或说对方不肯留下，我们就知道，这里面肯定有经不起查找的漏洞，他怕我们追溯，那么，这笔生意肯定说就有猫腻了。

我前面说过，老婆是会计出身，她对账目是非常敏感的，她说只要稍稍地一回顾，就知道错在哪里。她说我们过去在厂里，哪怕是少了一分钱，哪怕是轧账到深夜，也要把这一分钱轧出来。可见她的基本功是很扎实的。她曾经想彻底查一查打雷公，要"杀鸡教猴"，她说，我不是心疼，不是他打了多少雷公，而是被他们耻笑当傻瓜的问题，他们会说，别看他生意做得好，其实什么都不懂。他们会笑我们是糊涂虫，偷了你的东西你还不知道。我对老婆说，管理是必要的，但睁只眼闭只眼也是管理的艺术。雷公是他们的生存空间，有雷公可打，他们才不会窒息，他们才待得住。即使你知道了雷公在哪里，也不能火眼金睛地去捅破它，要知道水至清则无鱼的道理。对于我的话，老婆还是能听得进去的。但要控制雷公的限度，让他们自觉地打适当的雷公，打得适可而止，则是个技术活，还需要我们在实践中在管理上不断地探索摸索。

林子大了，什么鸟都有。店里招募的人多了，也会有各路神仙造访。他们说是来打工的，但动机都不一样，有的是初来乍到温州，只想着暂时地歇歇脚，待身心稳定后立马就走；有的是借个地先练练心气，做腻了，无聊了，再换个新的岗位；有的开始是想学手艺的，学成了，心思就歪了，觉得外面的天地更宽，就想往高处走。还有一些人，为城市的新鲜而来，为陌生的繁华而来，为好奇的体验而来，但就不是来打工的，也不是为攒钱而来的，这似乎是一个悖论，但他们才不管什么悖不悖呢。他们往往拿了工资就吃喝玩乐，买这买那，即刻就花光了。所以我说，他们是来见世面的，他们和我们，没有情义可言，我们是路边的一个驿站，他们就像是匆匆歇脚的路客。在我们开店的这些年里，这些人就像走马灯似的换来换去，最多的时候我们有三十来个，少则也有十几二十个，他们大多没有留下什么印记，但也有个别鲜活的，让我记住了。这里我列举三个，为了加深印象，我给他们都加了"概括"，也可以说贴了一个标签。

一个是"卧薪尝胆"型的小李。浙江缙云人，和其他外地人不一样，浙江人要稍稍地灵活一点。小李在我们店里负责技术，当然，技术也是在我们店里学的，他能够判断生产事故的原因，比如鞋做软了，是化学片的质量不好呢？还是表面的胶水少了呢？还是浸泡的药水不对呢？还是烘干的温度不够呢？总之，他会分析，会知道其中的问题所在。因此，厂家要是出了事，说鞋子出问题啦，你们来看看吧，我们就会立马派出小李，去分析，去调解，这时候，他的意见就是我们的意见，他怎么说，我们接下来就会怎么改进。我们对小李很信任，很放心，他也做得很认真，很卖力。因此，对于他的待遇，我们一直是很优越的。开始的时候，他是自己租房住，后来提出来，让我们给他租，我们当然是答应了。后来他要求加工资，说他的作用已远远大过了一般的打工仔，我们承认，我们也支持了。后来他要把老婆带进来，说这样好照顾，他可以没有后顾之忧地做贡献，可以说，他的要求有点"得寸进尺"，但我们也都予以满足。不是每个员工都有这样的待遇的，一切都缘于他的工作性质，缘于他对技术的掌握。我们觉得，妥善地安稳他，就是对鞋料店的最大的维护。再后来，他要求在店里拿年薪，拿提成，我们也都同意了。我们觉得，这个可以一试，这种形式也许会促进我们的体制改善，也许还是我们今后的方向，我们不妨先做些尝试。

但是，突然有一天，是他在我们店里做了五年之后，在春节回家休整之后，他就消失了。每年的春节，我们都会有一些鼓励员工早点回来的优惠，比如，大年初五前赶回温州的，不管你的路途有多远，不管你乘坐的是什么交通工具，我们都予以报销，以资鼓励。小小的优惠对他们来说也许还挺大，大家都很看重这个，都会在初五之前如期而至。但是，到了初八，一般员工都已经到齐了，我们也准备开张了，噼里啪啦的开门炮也打过了，这个我们店里最重要的角色小李还不见人影。我们的心慢慢地急促起来，我们打电话询问，他回说家里还有点事，还没有处理好。谁家没有个意外呢，我们非常理解。又过了几天，一些厂家也陆陆续续地开工了，一开工，如果有生产问题，马上就会用得着小李了，但他的手机却在这紧要关头关机了，准确地说，他已经换了手机了。他像泥牛入海，杳无音信。后来，有消息传入我们的耳朵，说小李在温州开店了，但不知开在哪里。说他别的都不做，就做他熟悉的，和我们做一样的，专做化学片。我们吃了一惊，这等于在和我们唱对台戏嘛。又有人报信过来，说在什么厂里看见小李在和老板接洽，在杀我们的价，拆我们的墙脚。我们背上的汗马上就冒了出来，我们进货的渠道他都知道，我们的一些"短处"他也一清二楚，我们的厂家等于就是他的厂家，我们辛辛苦苦建立起来的关系，他轻而易举就占有了，真的是坐享其成啊。我老婆捶胸顿足，欲哭无泪，说白眼狼啊，说农夫与蛇啊。但我们又能拿他怎么样？我们没时间和他斗，也没有精力和他斗；我们在明处，他在暗处；我们是正规军，他是游击队；他没有店，没有仓库，像那些讨厌的皮包公司，打一枪换一个地方，关键是我们没办法找到他。再说了，他既然选择了背叛，自然什么都想好了，自然想到了最终的结果，所谓"好汉怕赖汉，赖汉怕死汉"，他难道还会怕我们不成？

也有"工会主席"型的小王。高中毕业，这在农村算知识分子了，在农民工群体里也算个人物了。在我们工场，他是落料组长，手下有几个跟班。落料你就落料呗，但他热衷于组织员工开会，并给他们灌输他的思想。他也跟我们讲他的道理。比如个体劳动一般都没有时间观念，有事就多干一点，没事就休息。但小王不这么说，他觉得没事是你们的责任，是你们没有安排好，他们是被休息的，被休息没有责任；而八小时之外的干活就要算加班费，不能与前者抵销。温州有一句话叫"天不怕地不怕就怕农民有文化"，意思是说，农民往往把文化用在意想不到的地方。小王有了文化，老在琢磨我们的缺陷和漏洞，老想在关键的时候拿我们的软肋，比如厂家在试制新鞋时，我们要赶制新的包头子跟；又比如厂家在赶外销任务时，一般都要求我们多配些储备；这都是我们最最着急的时候，要加班加点的时候，我们的厨房里有菜，我们的炉火已呼啦啦地烧旺，但"厨师"小王不见了，或干脆煽动员工停工待机。目的就是要挟持我们，要特事特办。我跟他说，我们也是从困境中走出来的，我们对员工的疾苦都是感同身受的，我们知道该怎么做。但小王不相信，他觉得"天下乌鸦一般黑""地主哪有好心肠""当上猪儿娘嘴巴就会长起来的"，不这样"真刀真枪"地对峙着，根本就不能解决问题。我有时候想，要是小王出生在那个年代，如果他也在京汉铁路，他肯定也是个"施洋大律师"式的人物。

我曾经和小王促膝谈心，我们虽然也是乌鸦，但不是太黑的乌鸦。我们也不是天生做老板的，你也不是命中注定永远就是员工的，我只不过比你拼搏得早一点，先打造了一个做事的平台。没有这个平台，你们暂时还没有机会，而没有你们的帮衬，我们也一事无成，我们是相辅相成的一种关系。什么时候你做大了，你也可以当老板，也可以招募员工，你互换一下角色想一想，假如你的员工老和你抬杠，你心里什么感受？小王看看我，觉得我是在嘲弄他，他说，我们现在谈这些，本来就不在一个平台上，一开始就已经不平等的。

我们在台风里抢险，小王却
在抒情地朗诵诗歌

有一次温州来台风，噢，其实温州每年都会来台风，沿海地区嘛，就看它打在什么地方，登陆的中心是不是在我们这个区域，往年都是在苍南、平阳这些县里，也经常要死人。死人就麻烦了，就得等民政部门的救济，甚至要等国务院的人下来。这一次台风打到了温州，正好是八月十五的光景，和大潮汛碰到了一起，风雨交加，海水倒灌，我们双屿这边又靠近瓯江，一下子水就漫上了街道。我们的工场本来就租用在农民的房子里，上面漏雨，下面淌水，我和老婆都亲临现场抢险，我们加固房子，我们抬高囤物的木架，我们是私人工场，哪怕是吹飞了一张瓦，都是自己的损失，哪怕是打湿了一张纸，心里也难受。小王当然也在帮忙，这是他作为员工的职责，但他在暴风雨中却在动情地朗诵高尔基的《海燕》：让暴风雨来得更猛烈些吧……心思和我们完全不在一个点上。

还有"以德报怨"型的小张。他是跟了我们最久的一个，到今年已经有十五个年头了。他也是落料工，他和我们的感情不是缘于时间和帮助，而是建立在一次货物的失窃上。

那还是我们的创业初期，一天早上，我们发现仓库里的化学片少了五件，一件二百块，五件就超过了一千块。这对当时的我们来说就是太阳一样的大钱。我们细想了一下这件事的经过，昨天还是好好的，白天还有人在干活，要动手脚，一定是在晚上。一夜之间，东西没了，问题肯定出在睡在仓库的工人身上，不然，事情不好解释。是谁呢？他们是一拨差不多的员工，平时在一起吃饭、休息、睡觉，谁会在夜深人静的时候心里有事，谁会像田螺一样显现出来，与外面的同伙互相接应，学几声蛐蛐叫，对上了暗号，把化学片从窗口递了出去？这事有点难为情，都是自己的员工，还都靠他们出力干活呢，我希望那个人主动站出来，可以是任何方式，悄悄地说一声，我们替他保密，知错就改，我们既往不咎。但他们似乎都在打心理战，都好像很无辜的样子，那我们就没有办法了，只好报警。

派出所的民警说，没关系的，小事一桩，我们一到就知道了。是啊，他们有他们的处理办法，我们做不出来。我老婆说，那你们不要打他们啊。民警说，那你叫我们去干什么？去唱歌给他们听？老婆说，你可以用你们的警服吓唬吓唬他们。民警说，他们要怕你吓唬，他们就不会偷了。又说，你这个老板娘还真有意思，这边呢报警，那边呢又不让我们教训，那我们可以关他们吗？老婆说，最好也不要关得太久，另外，我可以给他们送饭吗？民警笑了笑说，你可以给他们开宴会，还可以让他们吃花酒，呵呵。

民警来到我们仓库，他让所有的人并排站好，他像电影里演的那样，一个个盯着眼睛看过来，其他人都面无表情，只有小张的脸色突然就黄了，并且还明显有个不自然的动作，把放在身后的手，无端地拿到了身前。民警说，就是他了。然后也是电影里的口气，你跟我们走一趟吧，就把小张给带走了。

这一天，我老婆比小张还辛苦，她坐立不安，一会儿担心民警会打他，一会儿又担心把他送到牢里去。一会儿差我去看看，一会儿又叫我去送点吃的。老婆的心情我非常理解，她心疼她的化学片，但又不想发生偷盗的事，不想得罪自己的员工，又怕和他们结梁子。但这一步现在已经跨出去了，收不回来了。我也悄悄地去过派出所，看见小张无所事事地靠在楼梯下，我以为他是被罚了"定境"，定境是气功的一种入定形式，就是人站着一动不动，像没有了生命一样，仔细一看，他的一只手被铐在栏杆上，一只脚别扭地踮着，站也站不直，蹲又蹲不下，身体靠几个脚趾支撑着，一看就知道非常地难受。我回来把情况告诉老婆，说打是没有打，但比酷刑还刁钻。我老婆听了后就非常地自责，好像自己做错了事一样，觉得为五件化学片去报警真是不值得。又担心小张想不开，会不会看破生活自暴自弃。更担心他心生恨意，蓄意报复，今天砸我们家的窗户，明天堵我们家的阴沟，怎么办？

这天中午和晚上，我老婆亲自给小张送了吃的，每顿十个肉包，本来她还想送些酒菜，以示慰问，限于小张被铐在那里不方便，才打消了这个念头。后来，大概是二十个小时之后，小张被派出所放了回来。民警说不是他。老婆高兴地说，算了算了。民警又说，那要不要再问问其他人？老婆忙说，不了不了。

民警是基于小张确实说不出什么名堂才把他放回来的。那为什么他一下子就脸黄了呢？民警说，有些人就是这样，一看到警服就心慌，无端地紧张；也有些人遇事会不自在，与他不相干的事，他也会莫名其妙地有一种"自认"表示，精神病学里叫作"自我强迫症"，没病也说自己有病。民警还说了另外一个审讯出来的细节，小张坦白说，昨天夜里他"跑马"了。跑马一般都发生在睡得很死或梦得很怪的情况下，如果昨夜小张"作案"了，那他应该是彻夜未眠的，也就不可能发生跑马的事情，所以，盗窃案与小张无关。

那天后来，老婆还给了小张五十块钱，作为他这天的误工费，也作为精神补偿。小张拿着钱犹豫了一下，但还是收下了。我们都以为小张第二天就会走人的，我们伤害了他，都觉得他心里应该是有怨恨的，没想到小张什么也没说，像没发生过什么一样，他继续留下来做他的落料工，一直做到现在。

这几个"有型"的员工常常被我们想起，教训和收获都有。这些教训和收获都是店里的财富，指导着我们的组织建设和制度改善，也推动了我们这个店的发展。

鞋料生意也要和人打架

我们万万没有想到，做鞋料生意还要和人打架。我们没想到的事情多了，生意这么难做，秩序这么混乱，客户这么难缠，后续的事情千奇百怪，我们都没有想到。有人一定会问，做生意只限于供求，关系应该是很纯粹的，怎么会打架呢？也有人说，讨债、逃债是听说过的，大不了无奈嘛，打架却是闻所未闻。也有人说，话不投机半句多，生意也不是强买强卖，接触起来没诚意，大不了不做嘛。这些话都对，但也都是只知其一不知其所以二。好好的一切都顺，我们为什么要打架啊，我们吃饱了撑的，我们力气胀在身上不舒服啊。做生意求的是稳定和平安，出发点和指导思想都是和气生财，但供求关系不融洽，恶意的欠债逃债，或没有道理的吹毛求疵，这口气咽不下，就容易发展成打架了。我们做生意为什么，就是要把生意做成，要是开店是给大家看的，我们为什么要开鞋料店，我们开手表店多好。不是生意难做就嚷嚷着不要做不要做，这也不做，那也不做，那你待在家里好了，改吃饭为喝粥好了。生意一开始都是诚意的，诚信的，但一旦强调了这些，就已经一脚踏空，不能自拔了，就

101

只能跟着恶性循环走了。

当然，这都和我有关，大家不要以为我是什么"镇关西"或"蒋门神"，或是什么小流氓、黑社会，欺行霸市，横行乡里。不是的，我只是一个普通的机关干部，而且还和文字沾点边，尽管工作之余也去锻炼身体，但都不是对抗性很强的那种，是羽毛球这种小儿科，最知道自己有几斤几两了。再说了，我也是怕麻烦的，一没有能力，二没有背景，三没有社会势力，所以，平时我都是叫老婆忍一忍，让一让，那些"忍一忍吃不尽""退一步海阔天空"的话，都是我经常挂在嘴边的警句。关键是我老婆对我的"解读"也有误，对我的期望值太高，她以为机关干部都能够呼风唤雨，都能够摆平一切，殊不知，我们就是拿拿笔、叠叠纸的干活，是那些工会、妇联、共青团的"等边"单位。而我老婆心里一点也没数，既没有吃一堑，也没有长一智，还动不动生出此类事情来。

前面说过员工的种类很多，其实客户的类型也很多，因为欠债而表现出的"躲躲闪闪""避而不见""逃之夭夭"也是层出不穷，其实更多的是"无赖"，是"死猪不怕开水烫"，是"要钱没有要命有一条"。曾经有一个瑞安人，是做加工的，就是接到了厂家的业务，来拿我们的材料，加工了再转给厂家，结果，厂家把他欠起来了，他也把我们欠起来了。我们有一条工作链是这样的，供应商、我们店、加工户、厂家，如果大家都有诚意和信誉，那么，这个轮子转起来还是漂亮的。如果哪一方心生了歪念，那这个轮子转起来就别扭了，比如厂家说鞋子碰到淡季啦、鞋样打不准啦、销售皮市啦、颗粒无收啦，他心里想赖账了，那这些都是他的借口，这个环节的链就断了。这个瑞安人就是这样，把责任全推给了厂家，他自己就准备"躺草地上让蛇咬"。我曾经去瑞安人那里威胁过他，每一次都像是"最后通牒"，第一次，我是客气的，嘻嘻哈哈的，我限他半个月还债，他口头答应了。但半个月一到，他仍旧是"老鹰拉个屁"，无影无踪。第二次我叫了两个朋友过去，身边有了朋友，我说话的口气也硬了起来，我说，你说话像句话好不好？他说，我也想说话算话啊，但我真没有啊，怎么办，要么指头给你剁一个去。当场把你气得就想打架。我是做鞋料生意的，又不是开熟食摊的，我要他指头干什么。没办法，只好再下一道"最后通牒"，好吧，再给你一个月，到时候再说一个"没"字，小心把你的机器搬了。机器是他赖以生存的工具，没有了机器等于没有了饭碗，我想他应该会当回事了。一个月很快又过去了，我想，这一回过去应该再给他一点压力，我把我店里的小四轮开过去了，也不熄火，在门口嘭嘭作响，一副马上要进去搬东西的架势。他依旧一副"硬骨头"的嘴脸，至于机器，他说，我已经停了好多天了，我反正饭也不想吃了，你要搬你就搬吧，搬了我也死心了。实际上他是将了我一军，给了我一个窝心拳，我们哪里要他的机器啊，他的机器我们也没有用，我们也搬不动他的机器，搬过来也没地方放，还要保管。呜呼，这样交锋了几次，我自己心里也疲软了，实际上也早已做了放弃的打算。

老婆当然是埋怨我的，埋怨我不心狠手辣，埋怨我没有强硬措施。我们怎样强硬，你问她她也讲不出来。当然，她的情绪已不像开店之初我们讨债时那样强烈了，也有点皮了，见怪不怪了。店开了一些年头，钱多少也赚了一点，对钱的认识和承受能力总会有所提高的。呵呵。

说"打架"其实真有那么一回，是真打，不是形容的打。一个厂家欠了我们的债，说起来也不多，也就是几千块吧，但我一直取讨未果。如果这个债继续是我来讨，也许也打不起来，我毕竟是有修养的，受了多年机关的历练，脾气相对要克制一些，对钱的态度也散淡一些。但老婆一气之下亲自出马，局面就不好控制了。正好那天对方的老板不在，她碰到了对方的老板娘。我们公认在温州所有的行当里，做鞋的素质最差，因为它最早从手工而来，从家族而来，没有经过工业文明的熏陶，也没有经过严格的企业改造，等于直接跳到了历史前台，又来不及融入社会文明，所以面对秩序，面对道德伦理，它自己也是措手不及的……如果老板在，也许不会激发事情，男人和女人，总归有个性别的差异，性别就像一个距离，会阻隔双方的一些情绪，会绝缘一些火花。而女人和女人就不一样了。那老板娘好像要存心刺激我老婆似的，说话非常难听，说我们的化学片不好，说我们故意把坏的东西给她，说把她的鞋都做砸了。说现在不仅鞋卖不出去，还损害了她的声誉。说你还想来要债，门都没有，本来是要你赔我的鞋的，现在不让你赔已经是很宽大了。这话老婆听不下去了，前面的鞋做得好好的，钱和质量都没有什么话说的，甚至说好了什么时候结账，现在突然想赖账了，就血口喷人，反过来倒打一耙了。话无诚意就像石头一样甩来甩去，我老婆也被甩得火冒三丈，激动起来，两个女人不再说话，扑上来就打。女人的打，重是不重的，就是声势较大，就是样子难看一点，特点是凌乱无招，加之那老板娘先天强悍，善于在乱中取胜，很快便占了上风……

老婆哭哭啼啼地回到店里，诉说着对方的滔天罪行，诉说着自己的委屈，她委屈自己的辛苦，也委屈我没有尽力，还委屈有理反被别人欺。她越说越伤心，越伤心越觉得我表现不好。她觉得我应该一听她的诉说就怒发冲冠，拍案而起，没等她说完便哇啦哇啦，拍马赶去，不问青红皂白就把那个厂家砸个稀巴烂，把它的桌子掀了，凳子踢了，最后还一把火把它烧了。如果碰上的是老板，不由分说先痛殴一顿。要是那老板娘还在，起码也要衫襟扭住，扇她几个耳光再说，为老婆报仇雪恨，在所不惜。但我没有这样做，机关的经验告诉我，这样做虽然出了气，争了脸，但肯定是越做越糟的，是要出大事的，到最后肯定没法收场，要么有人在医院里，要么有人在监狱里。我告诫自己，越是这样越要冷静处理，老公有什么用？就是这样的时候做主心骨用，要掌控方向，把握全局，分清利弊，因势利导。我先是查看了老婆的伤势，脸上有点红，微微还有点肿，估计问题不大。我先带她去医院看看，对自己是个好，对伤势也有个数，还建立了一份"证据"，接下来不管是做什么，官司也好，调解也好，证据总是有用的。之后，我又带她去派出所报了案，尽管她情绪上有些抵触，跟在我身后吧嗒吧嗒的，但终究还是犟不过我的坚持。我对她说，既然事端已起，既然不选择打架，既然还想把债要回来，那就走正规路线，把事情交给警察吧。

那天晚上，她躺在床上一动不动，眼睛不看我，嘴巴却在唠唠叨叨地说话，每说一句话，都还要夹杂着眼泪。我知道，她虽然去了医院，去了派出所，但怨气丝毫未减，并还在不断地酝酿。我当然也是苦口婆心地劝说，我告诉她，报仇雪恨有好多种方式，"水浒"的做法固然解气痛快，但后果呢？后果就是我们犯事，反复地纠结，没完没了地复仇，这值得吗？有意思吗？你不想生活啦？再说了，这做法已经落后了。要反其道而行之，他喜欢打，我们偏偏不和他打，他喜欢硬，我们偏偏和他来软的，这个软不是软弱，是太极的云手。新式的做法就是以文明来遏制邪恶，以法律来解决争端。他既然没有诚意，那我们就借助警察的力量来对付他，这也是扬眉吐气啊。我还告诉她，以我们机关的特性，想点办法，找点关系，和警察打个招呼，定叫那厮儿俯首称臣，束手就擒。我还面授了机宜，叫老婆在"调解"那一天化化妆，争取警察的感情分，也给对方施加点压力。老婆转

我苦口婆心地对老婆说，报仇
雪恨有好多种，不一定非得打
打杀杀

过头，狐疑地问，化妆？化什么妆？怎么化妆？我告诉她，往惨里化，俗话说得好，"画鬼好画画人难"，化得难看点就是了。我老婆听后将信将疑，但也若有所思，情绪也稍稍地好了一点。

挨到"调解"的那天，我、老婆、对方老板、老板娘都到派出所去了。我老婆在我的授意下，"浓妆艳抹"出场，她把乌青画得浓淡相宜，润得非常自然，好像不是人为画上去的，而是几天后从皮底下泛上来的。连警察看了都大吃一惊，说，前天看着还不太明显嘛，怎么这两天这么厉害了？我老婆一直低头捂脸，作难堪和痛苦状。我趁机说，昨天还少点的，今天就越来越多了。毕竟是女人，一点点乌青也好像伤得很重一样。当然，没有人想到乌青也可以作假，伤势也可以化妆，这就是我们机关干部的智慧。那老板和老板娘开始还有点想吵架的样子，还想以势压人，后来一看我老婆的脸，再一听警察的倾向，也坐在那里不响了。本来以为艰难的调解过程，现在进入了我们布下的程序，进行得异常顺利。警察斩钉截铁地说那个老板娘，你说都不用说了，整个的就是你的不对，你欠了别人的钱已经不对了，你还动手打人，你真是胆大妄为，还有没有王法啦，你自己说怎么赔吧。又说，你看看人家的脸，女人哪，被你打得像熊猫一样，过后还不知道能不能褪呢，要是褪不了怎么办？她要说"生胡人打了生胡人赔"，也把你的脸上打几下，也把你打成熊猫一样，你出不了门，见不得人，你什么感觉？那老板和老板娘哑口无言，头密密点……

这件事虽然开头不好，但结尾还是比较漂亮的。开头我被老婆怨来怨去，说了很多难听的话，什么胆小鬼啦，什么白长了一身蛮肉啦，后来她慢慢地体会到了，我们机关干部还是有一点智慧的，文明的解决办法，同样也是充满力量了。

当然，也有一些事做得不那么尽如人意。曾经有一个小厂，我们都叫他"皮浪荡"，皮浪荡就是猪身上的那种抖抖动的板油，不能吃也熬不出多少油的那种。我们和他在欠账上的交道，就像在打一场艰苦的拉锯战，每一次都是兴奋而去，扫兴而归。我曾经劝老婆算了，日历一样翻过去就没有了，我们"堤外损失堤内补"也一样的。我老婆不同意，说倒不是钱多钱少的问题，是被他戏弄的那个感觉，实在是不好，每天都说下次下次，其实他根本就没有这么想，这比干脆让她绝望了还难受。这个小厂其实也已经是"家徒四壁"了，好搬的东西都被人搬光了，只有一台发电机漏了网，装在外面的角落里没被人发现，却被我老婆瞄住了。当时的温州经常会拉闸断电，尤其是我们所在的区域，小厂密集，大厂也密集，又是错峰，又是阶梯，所以，我们的工场也经常会像旧社会一样漆黑一片。我们深受其苦，有时候正赶着东西，电一拉，再紧的任务也要停下来。东西做不出来，客户就哇哇叫，甚至会影响到今后的生意。如果有一台发电机，遇到停电时我们自己发电，发电机在角落里嘭嘭作响，吵是吵了点，但我们的工场就会像天堂一样，周围一片漆黑，唯我们这里光芒四射，那是多么过瘾多么骄傲的事情啊。在各种情绪各种力量的作用下，终于有一天，我老婆忍无可忍，带了几个员工，把皮浪荡的发电机拆了回来。我老婆跟他说，你欠了我的债，又折磨我的精神，现在我搬了你的发电机，我们债物两清了，谁也不欠谁了。

这件事我开始不知道，后来知道了，我觉得不妥。第一是这种行为不妥，有打家劫舍之嫌，像流氓行径，虽然有时候我们也说要搬人家东西，但基本上都是雷声大雨点小，属吓唬吓唬性质，从来也没有真正地实施过；第二是这样做性质就变了，本来是正常的供求关系，虽然不那么顺畅，但还算是正常的，这样一来它就变味了，有了点敌对的意味；第三是明显的有落井下石的嫌疑，人家最最困难的时候，我们非但没伸手援助，反而还趁他之危砸了他一块"石头"；第四是留下了不可预知的隐患，至少是心里埋下了隐患，不知道哪年哪月又会"祸起萧墙"，生出什么个事情来。现在回也是回不去了，回去了更难看，不是吗，先顶着再说。我老婆是不会想得那么多的，毕竟是女人，行为经常受情绪支配，还经常"单头想"，觉得"是他欠我的我才搬他的"，公平合理，放哪里都可以说得过去。员工们更不会这么想了，发电机一开，生产没有耽误，收入正常，欢呼雀跃，他们才不管这么多呢。我却没有那么轻松了，自从来了这个发电机，就像是请入了一尊瘟神，发电机一响，我心头总是为之一颤，总觉得有个定时炸弹埋在地下，在嘀嗒嘀嗒响，不知道哪天就会轰然爆炸。我老婆说我是书生气，宁愿人人负我，我不负人人。宁愿少收入一些，也要求个安宁。我告诉老婆，和谐的生意关系，才是生意做久的根本。最好大家都做成了朋友，就没有这么纠结的事了。当然，也许是我有点神经过敏，也许生意场就是这么"血雨腥风"，一台发电机也算不得什么，没必要这样时时自危。

时间就这么慢慢过去，真的也都没有发生什么，我也把发电机的事给忘了。

大概是三年之后，那时候我早已经回单位上班了。生意逐渐稳定，又请了几个亲戚晚辈加盟，我就慢慢地腾了出来，回单位清闲去了。有一天，我老婆慌里慌张地打来电话，说这几天老有人来店里捣乱，开始还以为是同行嫉妒，今天才知道是阿赖来了。我问她哪个阿赖？老婆说就是在双桥办厂的那个阿赖。我说，我哪里知道什么双桥单桥的。老婆这才吞吞吐吐地说，就是、就是那个皮浪荡，我搬了他发电机的，那个阿赖……我说，你那些亲戚不能为你撑撑腰啊，一点点小事也过来找我，好像我很有能耐似的。老婆说，他们帮帮忙是可以的，要吵架打架他们怎么插得上手啊。也是，拿工资的人，哪个愿意拼命啊。我说，那个发电机风吹雨打的，都不知烂到哪里去了，现在说这个有意思吗？老婆说是啊，但阿赖还惦记着这件事啊。我说，他想怎么样？老婆说，还能怎么样，寻衅呗，敲杠呗。

这事有危险，以我的经验，反复的事，都是比较麻烦的事。我急忙放下手头的工作，赶到店里，又听老婆仔细地叙述了一遍，说阿赖是带了人一起来的，这样的阵势就是想压我们，就是想敲竹杠。我说，他具体有说什么没有？老婆说，他说自己被我们搬了发电机，运气被搬坏了，他的厂也办不下去了，又与人打架伤了人，在监狱里待了两年，现在出来了，生活无着落，所以，他要把先前失去的补回来。我说，看来是来者不善善者不来，他是看我们现在稳定了，发展了，知道我们不堪骚扰，知道我们会求安求顺，才这么做的，这一点也不奇怪。

我一方面安慰老婆不要紧张，不要担心；一方面让老婆给我个"政策"，如果把他的敲竹杠摆平了，你多少钱能够承受？老婆说，顶多两千，本来就是他欠我们的嘛，他的发电机也是旧的，两千已经很优待他了。我心想，女人就是这样，心比钱小，钱比事大。但我也没有埋怨老婆的意思，我说，既然事已发生，就要全力以赴，所谓兵来将挡水来土掩。我说，没事不惹事，来事不怕事，不仅要息事，还要做到彻底地宁人。我老婆惊讶地看着我，好像这时候才发现我有侠肝义胆似的。

但是，这一天，阿赖都没有来，我白等了一天。我只好向单位请假，我跟领导说，老婆的事就是我的事，老婆的事解决不好，我们就有后顾之忧，我们工作就没有心思，干脆我也耐下性子等，怎样？领导支持地说，你只管等等等。

这样我又等了几天。三天后，我终于等到了这位阿赖，人当然也认识，以前去他厂里的时候也打过交道，但感觉已完全不一样了，以前他欠我们的钱，他是"下风"，他见了我就像老鼠见了猫，恨不能遁地逃走；现在他要"清算"来了，是他处在"上风"，他既然从监狱里出来了，既然把脸皮都撕破了，既然开出了这个口，你要是不满足他的要求，是打发不了他的。说白了，还是江湖上那句话，你要给他一个台阶，让他舒舒服服地下去。

我把阿赖叫到外面，不让他在店里闹。我说有些事是只能在男人之间解决的，比如现在的这件事。我们的谈话就这样理性地开始了，实际上暗中也是剑拔弩张的。我说第一你不用带别人过来，我们之间的事，别人也不知道，好说的话，一个人就行。再说了，这些人我也见得多了，出来混吃还马马虎虎，真要是打起架来，逃得最快的就是他们。第二你也不用找我老婆，那样没意思，男人找女人了事，再大的本事也显得龌龊，女人她懂什么呀，女人就知道哭，她一哭，你能解决事情吗？第三你也不用说自己是监狱里出来的，这个没用，死刑犯我都见过两个了，眼睛都不会眨一眨的，你信不信？我们就事论事怎样？

我知道流氓是不怕流氓的，但有时候恰恰会怕一点点"机关干部"，因为干部的能量有时候是无法估量的。我告诉他，我是请了假专门来会你的，我没有工夫和你纠缠，我希望就到此为止，别像女人一样婆婆妈妈的。我告诉他，应该说，我们的事，早在几年前就已经了了，你欠了我的债，我搬了你的发电机，我们在意义上已经两清了。我说，我唯一做得过了的，是搬了你的东西，这有伤你的自尊，也有点不近人情。我说，我现在不和你说赔偿，说实话，你叫我赔个发电机，我现在也买不到这款式的。我赔你一个礼，你能够拉下脸来，来重提这件事，说明你真的有难处了，我得给你这个面子。我说，这样吧，多没有，我给你两千，算是抱个歉。你也别嫌少，嫌少了我也没办法，你有元气，我也有精力，你有时间，我也请了假了，你来我店里耗着，我也天天过来陪你，开玩笑，我希望你也给我个面子……

　　整个见面的过程都是我在说，这就是我们机关干部的长处。我也摸准了他的"命脉"，不拿白不拿，不拿，反倒显得他不够硬码了。再说了，他就不怕我报警吗？他以为他是谁啊，刑满释放，还当自己是"老山前线"立功回来啊。当然，报警就猥琐了，报警就又把事情弄大了。有些事，适可而止是最有效的。我最后补充说，你也要在社会上混的，我做得也很社会流的，就当我请你吃杯酒，给你接风压惊，怎样？改天在路边碰上，招呼一声，我们还是朋友嘛。这样说了，阿赖就不好意思了，说，算啦算啦。就接了钱，往裤兜里一塞，走了。从此再没有出现。

事后，我老婆悄悄问我，你以前是不是也是"赖仑客"啊？赖仑客是温州土话，专指那些地痞流氓，街头的小混混。我没有正面回答她，我说，你都看见的啊，我们结婚之后，我一直都是安分守己的啊。

印象中，温州有很多行业一直是和争斗有关的，比如码头、市场、酒店、舞厅、托运部、担保公司等等，做鞋料也像"打战"一样，这是没有想到的。

我起了个推波助澜的作用

在鞋料店，我其实就像是一个"保正"。保正是什么？古代的解释是：五百户设一个都保，都保的领导就叫保正，一个保正大约管两千五百人，相当于现在的乡长。按照我们文联的说法，就是：联络、协调、服务。说得再有力一点就是：靠山。正因为有了我这个保正，我们店才会生意兴隆，我的店才会左右逢源，店里的员工才会安心地工作。

有些事，本来和店里的生意是无关的，但你是店里的保正，你就得把它担起来。

一个员工的亲戚下身瘙痒，话是无意中说的，被我老婆听到了。乡下人不知道怎么回事，也许她觉得就应该是这么痒的，也许她以为大家都这么痒的，也没有大惊小怪。但说者无心，听者有意，我老婆就告诉她，说你这是妇科病，是要看医生的，不看不行的。乡下人哪里听过什么妇科病，哪里知道这也是病啊，哪里知道这东西也能够看的。我老婆叫她稍等，就让我联系我的朋友谢仲景，一个妇科中医，是地方上的名医。联系好，老婆就带了员工的亲戚去了，一看是个男医生，亲戚就忸怩得不行，红着脸连脉也不让医生搭。

117

后来老婆好说歹说，还自己做了示范，亲戚才勉强委身一试。开了七天药，遵嘱好好吃了，又洗了一礼拜汤，分了半个月床，下身奇迹般地好了。员工和亲戚要来谢我，话说得很玄乎，说这医生本事好，看一眼，喝了些水药，就不痒了。我开玩笑说，主要是你身体好。老婆后来问我，你说得更玄乎了，听都听不懂。我说，乡下人这是没污染的身体，从来也没有被药药过，一药就特别的灵。

一个员工的弟弟学开车，我们给他车练，给他学费，学出来希望在店里帮忙。开始在店里还是可以的，跟跟车，送一些近货，平时还指点他的车技，等熟练了，却嫌工资低，嫌送货累，吵着要出去开出租车。我们当然也只好放行，我们留人的原则是看他热爱不热爱这份工作，就像强扭的瓜不甜，他不热爱，他不出力，硬要留在店里有什么意思呢。我们没说他怎么地忘恩负义，人往高处走嘛，他又没答应你卖身。关键是他还想要一张客运资格证，要我们帮忙做担保的，这可不是易事。老婆说，你不是营运处有熟人吗？开后门办办看，真不行就买一张给他，好事做到底吧。

一个员工三岁的儿子在盆子里玩水，大人一下没看牢，让他扑进去溺了，一时休克了一下。消息是从工场那边追到我家的，是晚饭刚吃了不久的时间，当时老婆正在洗澡，电话没听见，待浴室里出来一看，有十一个未接电话，知道情况不妙，就赶紧拨了回去，才知道这事的紧急。员工声嘶力竭地要找儿童医院，我老婆哪里熟啊？还是找我。我说她现在不是儿童医院的问题，而是就近找个医院赶紧抢救。员工也不知是哪里漏来的话头，说温州看小孩的是附二的儿童医院最好。乡下人当然不知道抢救和看病的区别，他要求的也没错，但那时候你怎么跟他说啊，说溺水不是病？说抢救不用好的医院？当然后来，小孩没事。但老婆还是再三嘱咐，要把小孩安排到儿童医院再看一看，这一关要是不过，万一小孩今后不灵了，都是我们的过错，我们会被他怨一辈子的。

这些事都和生意无关，也都是小事，我们完全可以一口回掉，或装傻卖愣。但老婆不忍，老婆心地好，老婆容不得自己知道了而又不出手支持的事情。而这些事做了也确实很值的，员工会觉得我们有亲和力，觉得我们拿他当自己人，店里的向心力一下子就起来了。他们也会视店为家，会更卖力地做事，人员也会相对地稳定，生意也会顺风顺水。我深有体会。

温州的一些报纸还专门做过这方面的报道，那是《劳动法》刚刚颁布的那几天，特别强调劳动安全，强调和谐的雇佣关系。那些天，小老板们个个都人心惶惶，怕企业有漏洞被捉，怕民工们揭竿而起。那些天，民工们也没有心思干活了，整天蠢蠢欲动，四处串联，泡劳动局泡仲裁委。那些天，我们这里的鞋都也气氛异常，各种横幅东拉西扯，内容也极具煽动性，什么"谁影响民工的饭碗，我们就砸谁的饭碗"，什么"不签订劳动合同，就是一万个无理"，什么"人身保险、劳动保险，人人必办，不办必究"，像"文化大革命"时期的味道。我老婆很担心这件事，她不是怕员工"造反"，我们的员工还是比较配合的，我们在这方面也没有什么短好揭，而是怕被上面查到，树你一个反面典型，那千年的道行就毁于一旦了。我们担心的是"劳动合同"。她说，我们只是个鞋料店，什么时候关门都不知道，这合同怎么签啊？签起来有什么用啊？老婆虽然是做过会计的，但在精神层面上仍然是个平民，对于这些大张旗鼓的活动，心里一点也没有底。这些事我就见得多了，我们机关的许多事也都是这样的，上面有精神了，就东风吹战鼓擂，像天塌了一样，过一段时间又回复原状，"刀枪入库"平安无事了。我安慰老婆让她一百个放心，让她相信我的经验和判断。当然，我也不是空口讲白话，我也是仔细研究过《劳动法》的，其中有一些条款对我们就非常有利，像"被证明不符合录用条件的，严重违反规章制度的，严重失职、营私舞弊、造成重大损失的，对完成任务造成严重影响的，或者经指出拒不改正的、不能胜任工作的……企业有权予以辞退"，有了这些条款，就是签了合同又能怎么样，还不是照样可以辞他退他。光这些内容，我们就可以把它发扬光大。我们那些员工，我们还不知道吗，我们太了解他们了，一是我们对他好，他不敢乱来，我们给他的条件应该算是好的，他到哪里能找到这么好的条件呢，他要是造反，不是自己断自己的后路吗。再说了，他们都是从农村出来的，从大山里出来，他们赤脚在

120

田园里走惯了，都是些散漫惯了的人，现在走在画了白线的马路上，一点也不自在。他们的思想从来也没有对自己要求过，从来就没有和规章对过频道，他们虽然在城市里工作，但意识和习惯仍停滞在农村里，所以，他们不可能不犯"错误"，他们犯错误都是家常便饭。如果我们给他们上条件，给他们提要求，马上就把他们难倒了。所以，对《劳动法》要求我们做到的，大可不必太放在心上。

事情真的像我们预测的那样，在上级要求我们签订劳动合同的最后期限，我们的员工一个也不愿意签。呵呵，这个我们就不好勉强啦，这个就怪不得我们啦，我们总不能像黄世仁强迫杨白劳那样，摁着他们上手印吧。不仅如此，员工们还主动写了保证书，说不签合同是他们的主观意愿，他们责任自负。这反过来也是"雇佣关系良好"的有力例证，正好媒体要抓这样的典型，有朋友就找到了我，说要宣传宣传我们。这可不是我利用工作之便开的后门，我虽然在文联工作，但和媒体联系也不是很多，主要是他们都知道我们这些人的良知，我们是受党教育多年的党员干部，无奈老婆下岗做点小生意，但不管怎么样也不会发展成"周扒皮"，不会是太黑的"乌鸦"。而我又是搞文字工作的，善于提炼素材，这也让他们省心省力，采访和配合都会做得恰到好处。

我给他们说了两件事：一是我们一直和员工一起吃饭。我们三个部门总共有二三十个人，仓库有七八个，工场有十来个，店里稍稍地少一点，也有五六个，每次我们到哪里，到了吃饭的时间，我们都没有另开小灶，都和他们凑合一顿。这情景要是回想起来是非常好看的，菜是现成的熟食店买的，部门就简单地烧个饭，配个汤，一桌菜五颜六色，热气腾腾，一桌人吃得吧嗒吧嗒，碗筷都碰得叮当响，这是多么生动和谐的一幅画面啊，而其中就有我或我老婆。这不是作秀，是生活的真实反映，一个人作一两次秀并不难，难的是十几年如一日，那就不是作秀了。有些老板看我们这样也觉得很奇怪，问我们，你和他们一起吃饭，你吃得下吗？我们说，有什么吃不下的，宴席也是这么吃，饭菜都一样地香。话又说回来，多年前，我们的长辈也都是从乡下出来的，都曾是耳朵脚趾沾满泥巴的农民，你嫌弃过自己的长辈吗？你嫌弃过自己的出身吗？记者说，这个说法好，答案就在思想根源里。

还有件事也值得一提，就是员工的存折都在我们这里保管，这可是最有说服力的亮点。前面说过，有些员工不是来赚钱的，而是来消费的。他们在农村没见过多少钱，也没有体验过消费的快感。到了城市，特别是在五花八门的温州，他们就有了消费的欲望。他们对自己的辛苦一点也不珍惜，他们本来就是在辛苦里长大的，所以，面对辛苦和消费，消费就太有吸引力了。因此，很多员工拿了钱就像发了飙一样，喝酒、足浴、泡妞、买衣，工资一下子就花光了，到了下半个月都要借钱过日子。针对这种情况，我老婆就从管理的角度出发，想了一个办法，工资分三次发，每十天发一

员工们围了一桌喷喷
地吃饭，我就有一种
家长式的满足

次，直接打到为他们建立的卡里，并代为保管。这样，大钱办成了小钱，用途派不起来，员工也打消了消费的念头，反过来也尝到了积蓄的甜头，甚至还有了聚财的欲望。

这两件事都有不错的噱头，写起来也饶有趣味，记者想不吹都难。报道出来后还配了一张我们的"生活照"，拍的就是我和员工们一起吃饭的情形。当时记者来访时我们正好在吃饭，他顺手就抓拍了一张。画面上，员工们围着圆桌吃饭，而我则端着饭碗站在桌边，嘴里作咀嚼状，拿筷子的手正伸向桌子夹菜，一看就知道是简单的、快速的，又有滋味的吃饭，也是一种"家长式"的吃饭，而一桌的员工则更像是家里的"孩子们"。

报道出来后我老婆也着实红了一把，店里的知名度也大大地提升，人气又旺了一点，不仅到店里买东西的人多了，特地过来看热闹的人也不少。有时候去市场，背后老有人在扑哧扑哧地议论，老婆知道，这时候的议论，都是好话，都是赞美和羡慕，说这女人能干啊，说她老公有能耐啊，说能搬来媒体推波助澜啊。我心里也是美滋滋的。

至于《劳动法》的事，签合同的事，就像我前面说的，很快就过去了。

其实，对于老婆的宣传，我也是不遗余力的。我没什么其他本事，写几个字总还是可以的。我曾经为她写过好几篇文章，这种文章不在于写得怎么好，而在于情感的真挚，分寸的得当，就是吹，也不要让人家觉得矫情和肉麻。选一篇给大家看看：《老婆是个开店狂》（有删节）——

　　我曾经写过一篇文章，叫《美丽的老婆》，题目很抢眼，但并不是说老婆真的有多少漂亮，我是借了一本书名的意思，《工作着是美丽的》，是说我老婆任劳任怨，不拈轻怕重，下岗后片刻也没有等待，立马就开起店来。

　　老婆开的店叫"足够"，店名是我取的，最初的招牌也是我自己做的，用木头钉了一个框，再用三合板贴起来，再用白漆油了底，用正楷描了红字，显眼。我们是白手起家，好省就省。曾经有报社的老师看到这店名，卖的又是鞋料，觉得好。因为鞋料店一般都以人名挂帅，什么阿芬鞋纸、阿国鞋钉等等，叫足够，可见这个人有一点文化。我告诉报社的老师，说这店是我老婆开的，他们说，怪不得。

　　好店名还要有好的标识，"足够"后来注册的时候，我请了著名篆刻家张索先生创意，他把"足够"做成了一枚"印章"，这更体现了店主的文化素质，呵呵。当然，也有人觉得足够拗口，特别是电话里一报，听不明白，我老婆总说，足球的足，能够的够，足够。我如果在旁边，就会纠正她，叫她把足够的文化讲出来，什么是足够？就是和鞋有关的东西我们都有（当然指某个门类）；还有就是开店要有"足够"的心态，要有"有了""够了"的心态，有赚就赚一点，没赚就混个吃，哪怕是空忙赚呒喝也不要紧，只要斧头没把自己的柄剁进去就行。毕竟工作着是美丽的。

说老婆是个开店狂一点不假。先是开在隔岸路，后来开到太平岭，再后来开到鞋料市场，大有"见缝插针"的势头。开始的时候，我们做过一天几块钱的生意，是老婆接的业务，两大袋鞋撑送到横渎，我用自行车驮的。路漫漫其修远兮，但我们高兴，因为我们付出了努力，做成了一件事情。现在我们鸟枪换炮了，我们用江淮车送货，还不止一辆。当然，经营的内容也变了不少，过去卖包头子跟、鞋钉、糨糊，像个"畚扫堆店"；现在我们卖化学片、海绵乳胶、低温热熔布，一听就觉得有科技含量，还不断推出新产品。

我老婆做事很敬业，开店的第二年就参加了市里的个体劳动者代表大会。开始的时候，我觉得她像刚从岗位上退下来的老干部，闲下来难受，心里空得慌，总想找个事做做，她是个勤劳爱动的人。后来做着做着，她有别的心思了，她想做好事了。我们这个家族下岗待业的人很多，有了这个店，家里的闲散人员就有了去处，还包括一些乡下亲戚，还包括一些新温州人。从这个意义上说，她开店也是政治，先不说给社会提供了多少就业岗位，起码也是维护了我们家族内部的稳定，试想，家里要有个人没有工作，那是多么地焦急啊。

她的这些心思，也得到一些部门的理解和体谅，据我所知，工商、国税、地税、市场、派出所等等，都帮过她许多忙，都给了她许多便利和通融，我们都心存感激。

其实，她做生意也是没什么特别的诀窍的，就是热情和真挚，与人接触，就像碰见了亲戚朋友。她文化不高，不会和别人作深刻的交谈，平时见了人，说来说去就那么几句话，"有空到我店里坐坐哪""什么时候我们一起吃个饭吧"，这两句话都很讨人喜欢。她唯一的遗憾就是没有人帮着去讨债，说到这件事，她总是生我的气，这没有办法，我有我的工作，也有我性格的缺陷，我不是那种渴望出事、出了事神经兴奋的人，这一点，我只能请我老婆原谅了。我可以做的就是在这里打个广告，希望厂家多到她店里看看，有什么中意的东西就带点回去，也等于是在帮我的忙，因为老婆的店开得牢，开得欢，我就省心了，我可以不受家庭的牵制和困扰，安心地从事自己的工作，呵呵。

这样说起来，我们这个店确实是很热闹，店越开越好，人也越来越多，还经常有宣传报道见诸报端，可谓多管齐下，多条腿走路，社会效益不错，不仅我们自己打拼出了一番天地，还带领亲戚朋友、新温州人闯出了一条路子。至于我们自己的收益，社会上的传闻很多，但我老婆概不承认，她会谦虚地说，知名度是有一点点的，但经济嘛，只是混个吃的。有内行人不这么看，说，一个小店，能开上十几二十年，能把这么多人容纳住，做得又"风生水起"，这就是好的。还有人说，做鞋料能开起奔驰的，可是不多见的，这说明有实力嘛。我说，奔驰也有好坏的，系列的差别也是很大的，一般人看去都是奔驰，其实一个天上一个地下，爱传传吧。对于我，机关里也有很多说法，说我有多少房，多少车。房子确实是越住越好了，从原来的近郊，到水心住宅区，到五马街商业区，再到杨府山花园小区，虽然不是什么豪宅，但从追求独立，到热闹，到安静，到舒适，都是一步一个脚印地往前走。车的事我也可以认，的确，我买车的时候我们单位还没有车呢，现在我已经开到第四辆了，基本是三四年一换，但开的都是"破车"，先是奥拓，再是普桑，再是大宇，现在是宝来，也开了有几年了。我主张低调，尤其不能在机关里张扬，要不，眼红的人又要瞄住你了，我们经不得别人瞄。我感觉舒服的是我和我老婆眼前的状态，一早，两个人像鸟儿一样飞出去，各忙各的，到了晚上，又像鸟儿归窝一样飞回来。我们吃饭，看电视，喝普洱茶，想睡就倚在沙发上睡一会儿，辛苦嘛，可别撑着。温州有一句很形象的土话——吃不如撮，睡不如瞌，就是烧了菜吃不是味道，撮最有味道；躺平了睡没有味道，坐在沙发上歪着头晃来晃去的最有味道。我们也有一条很好的"睡眠理论"——熬觉不熬睡，不想睡，晚上的觉都可以忽略不计；想睡了，哪怕是肮脏的地上也要赶紧躺下。还有舒服的就是工作性质，以前是一个国营，一个机关，是温州最理想的组合；现在是一个做生意，一个公务员，是温州最实惠的搭配。

供应商做的也不全是供应

供应商是生意链中的一个重要环节，如果说我们生意环节上有四个点——上面的供应商、我们鞋料店、外面的加工户、下面的鞋厂，那么，供应商就是最最重要的那个点，没有供应商，我们就是一个空架子，我们拿什么去做，拿脸面，拿嘴巴，不行。供应商如果绕开了我们，我们等于死，等于不复存在。供应商如果青睐我们，甚至豪爽，给我们代销，我们就做得轻松一点。供应商如果给我们贵，我们捉襟见肘，做起来就没有余地，就很难做。供销商如果会盯，东西刚放下就来盯钱，生怕它馊掉一样，那我们就会坐立不安，吃睡不宁。供应商如果蒙我们，我们被蒙在鼓里，我们有可能就会得罪下家，有可能还会名誉扫地，甚至声名狼藉。供应商其实和我们的下家一样，也需要我们去很好地伺候，如果说下家是我们的衣食父母，那供应商也一样，不说是雪里把我们救起，也是雪中送炭，是他们给了我们东西，我们才有生意好做。许多人不知道，以为我们是卖东西的，他们是提供东西的，我们不替他们卖，他们就会饿死，是他们求着我们，是我们在挑剔他，选择他。其实错了，真的错了。举个例子，如果他的东西是独家经销，那他就比我们的父亲还要大，我们巴结他还来不及呢。他哪怕只是一双鞋带，但厂家就要用这种鞋带，我们照样要求着他，巴结他。

我前面说过，我们是鞋料店。什么是鞋料？其实就是鞋杂，什么小，什么细，什么没人做，我们就做什么。这有点像超市，我们希望来我们店里的人，来一趟能够找到他要的东西，能够多买点东西。我们如果卖皮、卖革、卖胶水、卖鞋底，那就不叫鞋料店，那应该叫鞋材店，或者叫什么专卖店。鞋料店的特点就是杂，就是东西多，我们店里就有几百样东西，大到化学片，小到鞋钉、糨糊、批刀、榔头、码子贴、胶带纸，所以，要把这样一个店经营好，是多么地不容易。

有几百样东西，就有几百个供应商，这样一说，你的头马上就大了。厂家如果要什么东西，而我们的东西他又看不上，那我们就要马上找，要联系供应商，说什么样的东西你们有没有，有就赶快送过来，我们这里的鞋厂等着要呢，迟了你负责，你如果生意还想做，上面的钱若想要回去，那就赶紧把这些续上吧，赶紧赶紧。我们有时候也很坏的，也会要挟人，就像捏着他的"致命"，不怕他不听话。所以，我们不仅要把这么多供应商都记住，还要和他们交朋友，让他们招之即来，来之能用，用之说好，那我们的生意才能好，才算做得住。

别以为供应商都是很气派的，没有的。供应商只有在独家经营的时候，才有点底气，有点气派，像东光树脂，全温州就他们一家，牛得很。当然，生意做到这份上，就比较轻松了。办公室像宾馆，仓库像码头，车辆一律是箱式的，接接电话，派派单，签签协议，钱到发货，没钱说破了嘴皮都没用。这样的供应商，我们碰到的不多。我们是鞋杂，我们的供应商大多也是一些卑微的人，跟我们差不多，做剪刀批刀的，就是打铁匠；做鞋线鞋带的，就是编织女工；做糨糊的，身上的单衣被粘得像雨衣一样；做包头子跟的，头发、耳朵里都是布尘，看上去毛茸茸的。他们说起来是供应商，实际上和我们一样辛苦，反过来说，我们就是他们的下家，他们也要伺候我们。

给我们送摊烫的阿海只有十六岁，他是跟他舅舅出来的，瑞安人。瑞安这个地方有做摊烫的传统，各类人等几乎都在温州做这个。租一间民房，安一台冲床，把人造革和回力胶粘合在一起，冲一个鞋模，就是摊烫了，就是我们脚和鞋底接触到的那个东西。舅舅说阿海书读不起来，在学校，同学在念书，他在课桌上睡觉，他妈妈就叫舅舅把他带到温州，他就在温州替舅舅送摊烫。

阿海和我们说得来，缘于我老婆人好，老婆看他小，一般都直接把钱让他带回去了，在温州做生意，自觉把钱结结掉的，都算是好人了。还有是因为我，有一段时间我在店里，有空就看看书，阿海来了，我就和他瞎聊，讲一些天南地北的事情，他就喜欢往我们店里跑了。有时候我们没空，也会截住他为我们送个货，他也不会计较，拼命送。有时候他偷懒，跑到我们店里睡一觉，睡醒了再回去，小孩嘛，我觉得这不是偷懒，是小孩的脾性。

阿海长大后变得身强力壮，也许他天生的身坯就很好，也许是从小出来干活历练的，力气很大，力气大自然就喜欢打架，常常被别人叫去打，打一次多少钱。这都是瑞安人发明的出气方式。那些冲皮、冲革、冲摊烫、冲包头子跟的小工场，说是没技术也有技术，除了快慢，还有排料好坏的区别，一张回力胶，人家冲四十双摊烫，你排得好，冲四十三双，这就是技术，就是赚头。瑞安人的工场确实很辛苦，单调重复的劳动毫无新鲜感，说暗无天日一点也没有夸张，一个小空间，一张冲床，一分钱冲一双，冲好了还要一双一双数好，扎好，一千双一袋装好。为了赶产量赶工期，为了多赚钱，常常没日没夜。这样的活，工人也常常像走马灯似的，累了，厌了，看不到前景了，就走人了，就是不给结工资他也要走。走就影响了产量和工期，瑞安人就要拿这些工人出气，要打一顿，这样的任务一般都会落在阿海身上。他年轻，好差使；他年轻，不明事理；他年轻，对打人有兴趣。阿海，那个江西人走了，大概这会儿在劳务市场，你车赶过去，打他一顿。阿海，不能便宜了他，吃我们的，住我们的，学了我们的技术，现在想拍拍屁股走人，没门。阿海接到命令就会呼啦啦地出去找人，找到了打一顿，出了气，也算是对他们逃跑的惩罚了。

阿海坐在我们店里津津有味地说着这些，说有一次，那个江西人看见他老远就跪了下来，求他别打，他心一软就收住了手。我老婆说，阿海，以后不要打人了，人家也是来做事的，挣口饭吃也很苦的，你要是把人打坏了怎么办，一辈子的事情。阿海被我老婆一说，后来就不打人了。

也许是资源的关系，阿海后来去了广东，他在那里办了自己的厂，生产回力胶和热熔胶。他有时候也会来电话说说厂里的事，说每天陪客户喝酒，说现在酒练得很好，一次能喝三瓶红酒。电话中，我们能感觉出阿海的骄傲。我们当然也替阿海骄傲，他比他舅舅有出息，他舅舅在温州多少年还只是送送摊烫，他跑到广东没多少时间就自己办厂了。但我老婆叫阿海不要喝酒，说生意不是靠酒拼出来的，生意靠守、靠服务、靠信用、靠品牌。我老婆会顺便跟他说说大佬的故事。大佬也是一个做鞋的老板，原来可能是从江湖上转过来的，办厂的时候，还保持着当年江湖的一些习气，喜欢一日三顿地喝酒，喜欢招待客人，喜欢被人尊上，喜欢被人前呼后拥，身边常年有几个供他使唤的跟班。最经典的场面就是，一边扩了地在盖厂房，一边搭了棚驻工地里喝酒，厂房盖了三个月，他喝了三个月。他高兴地看着自己的厂房每天都在进步，都在改观。他也是豪爽，无论工头、工人、朋友、客户，只要来工地看他的厂房，说几句好话，他都招待喝酒。结果，厂房盖好了，他的肝也喝坏了，在武警总医院没有抢救过来。他们都说他人好，英名一世，但人死了就什么也没有了。

阿海也会带着羡慕的口气说那些河北的客人，每次去他那里进货都带了小妾过来，每次都是新人，都是大学毕业生，雪白，皮肤天鹅绒一样，都想借青春换实惠，少拼搏十年。阿海说，那些女学生都是心甘情愿的，他和她们交流过，一个为老板生了小孩，给了她二百万。一个陪了老板五年，老板开了家烟酒专卖店给她。她们下半世都不愁吃喝了。我老婆跟他说，阿海，你把家里的老婆孩子都带出来吧，在外面陪着自己的家属，安心做事，安心吃饭，比赚多少钱都好。

阿海的回力胶、热熔胶我们也用，但用得不多。原因是质量不好，我们只能给一些也不讲究质量、贪图价廉的鞋厂用用。我老婆有一句很著名的名言，人好，管理一定不好；人刁钻、苛刻，管理一定都好。生产生意都一样。我们可以想象阿海那厂，他每天陪着客人喝酒，夜里烂醉，早上挣扎着醒来到厂里转一下，接着回去继续睡觉。空旷的车间里机器轰隆，工人三三两两，有人在吃早餐，有人在试衣，有人在结伴说话，那头叫一声这头拼命跑过去。这样的生产，质量好就奇怪了。但阿海是我们看着长大的，他的货不管怎么样，我们都是要用一点的。

这是多年前的阿海，现在阿海也会经常地打电话来，说老师姆，把我的东西用一些哦。他和我们不但是生意上的关系，我们家里有什么事，他都会从广州跑过来。比如我儿子订婚，他飞机飞过来，吃顿饭又飞回去。他跟别人说，这么多年，没有人和他说过贴心的话，家里人也没有，但老师姆和我说过三句话：我打人的时候，别人都说这些外地人该打，老师姆说阿海打不得的；我喝酒的时候，别人都说酒是男人之美，老师姆说阿海酒不能这么喝的；还有一句，老师姆叫我不要羡慕别人，把家人带在身边，家在人就在。这三句话都很要紧。阿海说的老师姆就是我老婆。

听起来好像都是阿海找我们似的，不，我们也找过阿海帮忙。我们有些货款，加工的钱，被瑞安人欠着，我们有一次问阿海，谁谁谁认识吗？后来，我们说的这些人都自动过来把我们的钱结了。我老婆在欣慰的同时会问，你们是阿海的朋友吗？他们会说，阿海交代了，说老师、老师姆都不是真正的生意人，他们赚钱不容易，他们的钱谁都不能欠。

还有一些供应商我们就没有做得那么久，不纯粹是人的关系，不纯粹是生意的关系，也不纯粹是做法的关系，说来话长。

阿红是市场里最大的里皮供应商，虽然不是独家，但是她最强大，很多厂家都是她的客户。我们私下里开玩笑说，她赚的是大钱，我们捡的是铅角子。里皮也是鞋里的必需品，连拖鞋也有用。原先都是用革做鞋里的，后来大家都说闷啊闷的，就改成里皮了。再后来，有人在里皮上铺了一层东西，变成了移膜革，可以抢面皮的饭碗了，就更加吃香了。我老婆是很佩服阿红的，说她有魄力，有风度，现在她的手机里还都是她过去舞双剑的照片，打太极拳的照片，也就是说，她的形体也很好，是非常有样子的。也许是她什么都好的缘故吧，人就非常地傲，见人爱理不理的，给我们的感觉是"我还怕你不来我这里买东西啊"。同是女人，其实我老婆和阿红也是挺好的，我老婆佩服她的能干、精明，她欣赏我老婆的吃苦、勤力，本来，两个互有好感的女人是可以相互接纳的，但阿红把生意和人情分得太清楚了，一点也没有调和的余地，这样，她们的关系就发展得一般般。

有一次我们欠她的货款，说好是四月底还的，我老婆那几天一定是头晕了，想不起来了，第二天，阿红就打电话过来，说，你昨天忘了还钱是不应该的。今天是五月一日了，我和你说实话，我现在人在北京，六点钟飞机到温州，如果那时候我还是见不到你的款，我会很难受的。我老婆噢噢地应着，她想不到阿红会追电话过来，而且说得这么出口这么直白。如果她过几天再提醒一句，我们也会很难为情的。但这就是阿红的性格。

阿红这样的口气，我们就不好再拖了。那些天，我老婆店里也确实没有钱，我就只好到朋友那里借。有几个朋友在矮凳桥那边做纸张生意，平时单位里印的东西多，我也常跟他们打交道，他们有时候要进纸张，资金转不过来，也会先让我们调一调，垫一垫。好说话，我就挨个儿地去借，说是被人逼债了，没办法了。人都有憋屈的时候，朋友们就群起而助之，终于在六点之前、在阿红的飞机还在空中的时候，把她的钱打到了她的卡里。对于这件事，我老婆没有太多地说阿红不好，她说，怎么说也是我们违约，我要是事先打个电话，也不至于这么尴尬。说是这么说，但我知道，我们和阿红的业务在慢慢地减少，仔细问，老婆说，还有一次，她去阿红店里有事，阿红不在，她老公在，她老公是财税的，双休日过来看店，许多这些部门的干部都有自己的生意，工商的、税务的、消防的、公安的，他们有管理的权限，开个门市，叫厂家照顾点生意，鼻涕流嘴里过顺路，谁还敢驳他们的面子？她老公躺在靠椅上，脚跷得很高，尽力地抖。她问他几句，他顾自看报，眼睛都不抬一抬。老婆说，神气塌死了，生意官做一样，谁和他做啊。

现在，阿红的生意差多了，大概大家都有这样的感觉。她原来搞鞋材展销，摊位都是最大的，一般人都是租一间，最多两间，但她要租就租四间，财大气粗的样子。像我们这些做鞋杂的，就不租了，我对老婆说，我们实事求是，去分分名片，照个面，混混熟，照样做生意。现在阿红搞展销的摊位不是最大了，阿国比她还大，也许是故意的，就是想拆她的台，杀杀她的傲气。

阿松是另一种类型的供应商，他不懂规矩，没有社会流。他很会跑，把广东、广西的化学片都跑到温州来。那边是做箱包的，那边的化学片质量差别很大，做箱包的化学片弄到温州来做皮鞋，赚的空间就很大。他也是我们的供应商，他的化学片给我们，再由我们转售到下家去。我们有我们的市场，有我们的地盘，有我们的厂家。生意做什么，就是做这些。我们这么多年做生意，实际上就是在做一种关系，一种相互存活相互依赖的关系，反过来，这些关系又支撑了我们的生意。为什么有的店开不下去，开了几天就关门停业了，就是因为他做了半天发现自己仍旧在生意的边缘，深入不到里面去。为什么说，鞋料生意，十个里面两个是赚的，两个只赚点吃的，两个是空忙赚吆喝的，还有四个就是亏的，就说明是人在起了一定的作用，人在市场上推动着生意。市场是有份额的，不是谁领了证，开了店，进了东西，就能卖出去的。市场还有个特点，分工非常明确，这不是谁安排的，而是自然形成的，强悍的人就是老大，智慧的人就是军师，马仔就是马仔，喽啰就是喽啰，换了这一行也一样，不能越俎代庖。像我们，其实是个中间商，供应商就是通过这个中间商，把自己的产品传递下去，这也是生意的规矩。说得明白一点，钱要分一些给别人赚赚，才不会搞得那么吃力。再说得难听一点，都让你一个人赚了，你能赚得过来吗，那是会赚死掉的。但是，但是，供应商阿松偏偏不满足，偏偏要挑战这个规矩，偏偏要"独吞"，他把化学片运给我们，本来就已经万事大吉了，可以回去了，但他不，他的脑筋动歪了，他很积极，而且不肯休息，继续在市场里刮窜，甚至到鞋厂里面乱钻，发现厂家用的是他的东西，就心生了猫儿头，想拆我们的墙脚了。说你这个东西是不是在"足够"那里拿的，说足够哪有这些东西啊，说她也是从我们这里拿的，再转手给你们的。说你可以直接从我这里拿嘛，我给你便宜点，等于少了个中介费啊。厂家都是贪图便宜的，尤其是不讲人情世故的厂家，不考虑后果的厂家，越便宜他们的成本越低，他们马上就鬼迷心窍了。

但是，阿松显然是犯了一个错误，他卖的是化学片，是做鞋用的。它仅仅是一种材料，要做成鞋，后续还有几十道工序，光和化学片有关的工序就有落料、批皮、浸包头水、上靴、夹帮、烘干、定型，这里面有一个环节不如意，都可能找他的麻烦。他还犯了一个更大的错误，忽视了我们，或视而不见。他不知道我们这个工作的重要性，且不说我们辛辛苦苦打下的这片天地，我们发展的厂家，光我们付出的心血，就值得我们享有这样的回报。我们在市场开了店，等于是给上家和下家开了一扇窗口，双方可以通过我们，来完成自己的夙愿和诉求。我们把东西运到厂家，就会有后续的服务跟进，对它在生产过程中的情况进行调整和改进，最终对厂家负责。比如说，鞋做软了，头不挺，跟不硬，厂家一叫救命，我们就会像120一样赶过去，我们要分析，是化学片的质量原因，还是生产过程中的其他原因，这些东西谁懂，我们懂，我们有这方面的人才，来协调和帮助解决出现的问题，如果都没有这些问题，那还要我们做什么？如果这些事情大家都去做，都能做，都做得好，那大家都可以赚钱了，那就不是十个赚两个的问题了。好坏就是在认真与不认真之间，优劣就在于有没有想到和有没有去做。

阿松不明白这一点，他想得太简单了，这都是忽略了我们的下场。现在他可能知道了，因为他碰到了难堪的事情，他的厂家开辟得越多，他被厂家追索的也越多。他现在才知道什么叫疲于应付，疲于奔命。在市场，我们有一句尖刻的话说于阿松，说他家里的化学片卖得越快，家里的鞋也堆积得越快。他本来是化学片供应商，现在却成了鞋厂的"老板"，就像那句著名的话说的——"嫖娼嫖成了老公，炒房炒成了房东"。什么意思，鞋厂的鞋做坏了，软不邋遢的，卖不掉了，厂家把原因归结于化学片的质量所致。而阿松，终究是要去收回自己的货款的，鞋厂说，没有，这些鞋是因为你的化学片做坏的，你拿去顶货款吧。于是，阿松家里的鞋就越积越多。也因此，他离他退出市场的时间也越来越近了。

　　阿宝是一个最会吹的供应商，他每次推销东西，都弄得自己有很大抱负似的，他要做很大的事情，要统治和接管这个市场。他以前做里皮的时候，给人的感觉是，他比阿红还大，好像他很快就要把阿红吃掉了，好像这个市场马上要沦为他的里皮基地了。时间过去了这么多年，阿红依然还在做她的生意，而阿宝却是时隐时现，还是一开始那种立足未稳的样子。阿宝是"哒哒嘀"老板阿元的弟弟，他也是阿元介绍的，阿元是我们的老客户，他的厂稳步经营，细水长流，但内行人知道，稳步和长流最难。我老婆不喜欢靠拉关系做生意的人，因为面子往往会留下隐患。她也不喜欢阿宝这样的人，倒不是说他夸夸其谈，而是他把自己打扮得"卵"一样，光鲜得不像个摸爬滚打的人，还有，他喜欢去KTV唱歌。我老婆说，唱歌的都不是什么好人，忙都忙死了，哪还有工夫唱歌啊。前年年底，阿宝又不知从哪里冒了出来，来推销花皮。说自己这个花皮是广州最好的，说现在国外的皮鞋观已发生了颠覆性的变化，过去的皮鞋是不黑即棕，现在的皮鞋颜色是越来越多了，甚至是花色。说不过一年，花皮的份额将会占据市场的一半，说现在的消费趋势都是在花路上，你看手机，你看包包，你看皮带、服装、装饰、轿车，传统色已成了箱底色。大有说服你一起合伙的劲头。

阿宝的花皮也确实不错，花色好，品种多，皮质软，虽然我们知道那是印的，但广州的印功就是好，花版也好，而且张数面积大，厂家喜欢。他的样品簿拿给你看，就好像国外时装发布会的画册。你可以想象，如果他有一个花皮店，花皮一张张挂起来，完全打破了清一色皮店的概念，以为是一个布店。老婆也有点心动起来。这是个新生的品种，以她的经验，新品种的空间会相对大一些，会好做一些，待人们慢慢地熟悉了，知其一也知其二了，空间就会越来越小的。

我老婆也想做花皮，去年有个厂家做意大利贴牌，因为是花皮，我们都很新奇，厂家说得也神乎其神，说皮都是意大利那边空运过来的，样板都是刚刚面世的，我们不禁啧啧。正好有个厂家过来打探花皮，问哪里能搞得到，说自己在为巴黎时装周定做一批概念鞋，有皮，设计师马上就飞过来，还说，这批概念鞋要做得好，法国朋友介绍、准备在香舍丽榭街上开个窗口，甚至说在戛纳开个窗口，不用多，每年只用在电影节期间开半个月，就花开一样，就能主导皮鞋潮流了。鞋业是被人看不起的行业，做鞋的都被戏谑为鞋佬，所以，鞋佬们都有一个特点，都会讲很大的大话，大家也听惯了。老婆说，花皮前几天见过，这人应该还在，你要的话先放点定金下来，我把他找过来。厂家就放了十万块钱，说最好一星期能见到东西。都是熟人，交易就这样先定下了。

　　老婆打电话给阿宝，已经打不通了，不是关机就是什么"点对点提醒方式"。老婆想，这阿宝要么在飞机上，要么忙得忘了充电，他不是在广州跑花皮吗？也没多想。后来，有天夜里，大概是三四点钟，我们还睡着，老婆的手机突然叮咚了一下，是信息进来的声音。我们都被这突兀的声音弄醒了，我叫老婆看看，老婆说，不用看，一定是那些骗人的短信，什么"请把钱打到这个卡上，农行622840 000000"，或者"爸妈，我在外面开房，被派出所抓住了，赎我，钱打我同学卡上，工行622202 000000"。老婆说，这些人怎么这么笨啊，三更半夜在搞这个，谁信啊。我说，这你就不知道了，忙碌的人，都是夜游神，这时候对夜游神来说，正新鲜呢。老婆被我催着，很不情愿地去拿了手机，一看，是阿宝开机了，说"你呼叫的手机已处于服务状态"。老婆马上就激灵起来，忙拨了一个回去，还真通了，老婆说，你这几天

好不容易找到了阿宝家，见门上已落了两把大锁

遁哪里啦，钱不要赚啦，人家要花皮呢。阿宝嗡嗡地说，这几天都在国外呢，漫游未开，刚到家充了电，你就进来了。又说，花皮不急，明天上午到你店里再说吧。

第二天上午，阿宝果真到了店里，还带了一个女孩，胖嘟嘟的，平脸、细眼、刘海、大红嘴唇，一副忙碌又殷实的样子。我老婆说，阿宝，认真做生意，这个是无底洞，别搞。阿宝说，知道知道。就准备拿钱，因为是第一笔，自然就少不了签一个协议，记着收了多少钱，做什么事，什么时候交货，交什么样的货，质量不达标怎么办，后续怎么跟进等细则，都一一写上，其中最重要的一条是：三天后交样品若干……

但是，阿宝从此杳无音信，打电话已不是什么关机和"点对点"，而直接就停机了。我老婆慌了起来，赶紧打电话找他哥阿元，阿元说，我都好长时间没见着他了。帮忙联系了几个相关朋友，也都是一问三不知。明显地，我老婆神色和语调都变了。我叫她别急，我们冷静一下，先想想去哪里会知道他的情况。老婆说，去KTV那边问问。由于有情绪，我就没让她开车，我当她的司机，陪她一块儿过去。我们赶到阿宝平时经常去的KTV，那里的小姐说，自从拐走了这里的一位公主，就再也没见到他了。这样一说，我们的心里就更乱了，糟糕的结果也愈加清晰起来——我们被阿宝骗了。这不是骗生意，骗生意还会有一个过程，有反复，有蛛丝马迹可以捕捉。纯粹的骗钱，那肯定是早有预谋的，包括他的造势、他的宣传、他的花皮说、他的国外说，都是他预谋的一部分。这个我们没有想到。我老婆难过的是，她这个十万块钱，差不多等于送货上门，那简直就是耻辱。

碰到了事，才慢慢知道了这件事。后来，老婆又了解到，阿宝早就不做生意了，生意的点点滴滴他早就看不上了。生意的利润大家还不清楚吗，做得好的，也就是百分之十，做得不好的，百分之五光景，折合成收入，只能是勉强糊个口。阿宝不愿意在生意上浪费时间，他操起了倒款。倒款是怎么回事呢，就是把别人"一分"的钱拿过来，再"三分四分"地放出去，旧社会就叫高利贷。做生意的人最清楚不过了，什么生产能有"四分"的利润啊，唯有赌博。但十赌九输，一旦有一个崩盘，那所有的链子就都断了。接下来的事，要么自杀，以自杀的方式向被骗的人谢罪；要么就是逃跑，逃避被骗的人追杀。也就是说，阿宝已经跑路了，我们这个钱也没有了。

如果是生意被骗，老婆不会那么难受，这么多年的生意，摸爬滚打，风霜雪雨，亏也亏过，欠也欠过，逃也逃过，打也打过，但那是生意过程里的事情，是有心理准备的，也是可以承受的。但阿宝这个不一样，是骗，是强取豪夺，是恶劣的行径，那是要坚决讨回来的，不讨回来就是倒霉，就是奇耻大辱。

那段时间，我也放下工作天天陪着老婆往阿宝家里跑，我们看到的景象是，他家的大门已被电焊焊住，已被好几把大锁锁住，已被红漆泼了墙壁和窗户，已被写了"血债要用血来还"，可以肯定地说，被他骗了钱的人还不少。虽然希望渺茫，我还是陪着老婆跑，跑是对她的声援，也是给她打气。后来，我们就换了一个方式，往阿宝的母亲家跑，每星期都去，什么也不说，不哭也不闹，就陪着他母亲玩，给他母亲买好吃的，实际上这也是一种软硬兼施的攻势，也是压力。这样跑了几趟，和母亲住在一起的阿元就受不了了。阿元后来打圆场说，阿宝一年半载肯定是找不到的，说这样不是办法，说这样好不好，说我厂里用的东西，你店里也有的，我们都让你做，你在市面价上再加个百分之十，作为我对你的补偿，直至你的损失补回来为止。生活要继续，大家都得往前看。无奈的事，也要积极地面对。阿元本来也是我们的客户，大家都有面子，我们就顺着他这个梯子爬了下来。

把上帝做成自己的兄弟姐妹

做任何事，"上帝"最要紧。我们一般都把自己的服务对象定义为上帝，因为上帝是我们的衣食父母，是他们给我们吃、给我们穿、给我们生存下去的资源和条件。像我们这种小店，我自己想想，上帝有三种，也就是说有三种人我们要依赖于他，央求于他，他的一举一动都关乎我们的利益，他的态度也决定了我们的成败。

一种是我们的员工。有人说，你有没有搞错啊，他们是你的属下，他们为你做事，他们靠你吃饭，没有你，他们也许还在双屿的路上游荡，还傻坐在工业区的废墟里吹风。我说，错了，我是靠着他们生存的，我虽然开了店，但事情要靠他们去做，我不可能自己包办一切，我开店关店是自己，送东西是自己，开车是自己，跑厂家是自己，应付一切事情是自己，那我早就累死了，早就开追悼会了。我前面说过，我只是比他们早想到了生意，早一点搭建了一个平台，我的过去、现在、将来都还是要他们来参与的，一起来完成的。说句不好听的话，资本家如果没有工人，他就不是一个资本家，只是个守财奴；反过来说，是工人帮助了他的原始积累，才成就了他这个资本家。弄懂了这个道理之后，我们和员工才能够和谐相处，共同发展。从这一点看，我们对这个上帝的服务，还是合格的，当然这也和我们自己的出身有关，我们天生就不是资本家的料。

第二种上帝我想想还是给那些管理我们的人。按理说，我们不能这样说管理人员，管理人员也是很辛苦的，他们维护着我们的市场秩序，生意秩序，他们还要对他们的上级负责，实际上他们也是服务者。但是，服务者如果不把自己放在平等的平台上，觉得自己给我们发了照，提供了市场，维持了秩序，我们是靠他们生存的，没有他，我们只能喝西北风，没有他，我们就会走投无路，就会寻死觅活，他如果这样想了，他的姿态就不一样了，他就会装爷，就会管孙子一样管着我们。

别看我们这个店小，但被管的地方还是挺多的。你领证了，工商就可以管你；你产生利润了，税务可以管你；你进入市场了，管委会就可以管你。在外面就更不用说了。超载了，交警可以管你；运胶水危险品，运管处可以管你；在工场生产，安监部门可以管你；工人有没有暂住证，街道、派出所可以管你。这些都是我们最初没有想到的。我在文联机关，从事的是文艺工作，虽然没有窗口单位，没有管别人的业务，但听得多的，都是其他部门管理别人，管理权大，管理无所不在，管理津津乐道。我老婆也没有经历过这些，她原先在工厂，最多也只是做做财务。我们要是知道开店会招来那么多管理，有这么多的管理项目，我们要费心费神地去应付这些，我们才不要开店呢，我们少吃点轻走点，照样可以生活。但现在，我们已经骑虎难下了，我们只能积极地去迎接这些管理，去配合这些管理，这也是我们生意之中的一项内容。

开店总会有出错的地方，总会不可避免地被人家管理。开始的时候，我们没有经验，管理一来，我们就紧张得要死。管理吓唬我们、要罚我们的款、叫我们停业整顿，我们就慌了，就手足无措，好像马上被关门一样。我们就到处托人，到处疏通关系。有一次我们的工场里电线乱拉，生产垃圾没有清理，员工在搭起的阁楼里睡觉，我们不是现代化企业，我们都是这样地因陋就简。员工也适应了这种条件，这种环境，你叫员工住在高楼大厦里，他们接受吗，他们干活累了睡觉都睡不着。当然，这种情况是非常地糟，我们也知道，说不定漏电了，说不定起火了，如果有人正好睡在里面，说不定就被活活地烧死了。我们被查住了，我们知道我们的过错不轻，可能会过不了关，罚款也在所难免，说不定真的就关门停业了。情急之下，我逢友便问，某某街道有熟人吗？派出所那里有熟人吗？安全监督那里有熟人吗？都不知托了多少人，都不知谁托得重谁托得轻，反正是病急乱投医。后来员工说，好像没有人来过问了，好像没有什么动静了。后来有六个人打电话跟我说，你上次那个被查的事怎么样了？他们没找你麻烦吧？我跟他们说了，你们也不容易，叫他们放你们一马。你稍稍地意思意思，他们会开只眼闭只眼的。每个人都说自己帮了忙，呜呼，我都不知道该谢谁好了，不表示吧，下次找人就不灵了，表示吧，确实有点摸不着头脑，没办法，我只得给每个受托的朋友都送了礼，没有"表功"的朋友也送了礼，这样心里才安宁一点。我跟老婆开玩笑说，我们是"生缸把缸都生破了"，什么意思，生缸就是补缸，本来只有一点点裂，结果越补越裂，最终把缸也补破了。

在接下来的日子里，我们就吸取了教训，如碰到了这种情况，我们先估估它的后果，估计会罚到什么程度，再找个适当的关系疏通疏通。这就是我前面说的，有些关系，要像园丁浇花一样惦记着，你经常拿水去浇一浇，人家才会舒服。鞋票一张也可以，超市卡一张也可以，值多少钱？小钱不去，大钱不来，这些水经常地洒一洒，浇一浇，人家就会在关键的时候想到你，报个信，会在要紧的地方点拨你，怎么做，这就像生病要看医生一样，小病要时常看，千万不能熬成大病。

当然也有一些大事，就没有那么简单了，不是鞋票和超市卡能够打发的。但经验告诉我们，越是问题严重，就越不用担心什么，因为问题严重了，就有人情好卖，有人就会悄悄地提示你。他知道你焦急，知道你想力保，那些管理就会启发你，引导你，这样的时候，我们可以先定一下心，不用那么慌张，把意图带回来，分析琢磨透，再慢慢地有的放矢。当然，我们也就欠他人情了。关系就是这样建立起来的，关系也都是这样不择手段地发展起来的，这没有什么好害羞好忌讳的，都是相辅相成的事，心照不宣的事，否则，我们就疲于奔命，就寸步难行了。但是，这样的关系也往往不能维持太久，这也是公开的秘密，上面有规定，好的位置、有油水的位置，都要一年一轮岗，好不容易建立的关系说走就走了，说没就没了。当然，这难不倒我们，生意还在做，事业要继续，残酷的现实，要求我们要更加勤勉地开动脑筋，要更加辛苦地付出努力。

这第三种上帝，我指的是我们的客户。噢不，我前面也说到了一些客户，那些来我们店里拿货的，那些不讲信誉准备逃债的，那些我们讨债还受其奚落的，那些不怀好意和我们打架的，那些最终逃之夭夭人间蒸发的，那都不是我说的客户，更不是什么上帝了。我们如果每天都要和他们对抗、相持、遭遇战、拉锯战，那我们还开店干什么？我们干脆去生命折旧算了，我们呕心沥血地赚一点点钱有什么意思呢？一点意思也没有。民以食为天，有食品才能维持生命。生意以客户为天，好的客户，才是生意的营养土壤，才是生意的基本环境。

这是个非常矛盾的问题，也是个非常复杂的问题。我们要在客户身上赚钱，千方百计地钻他们的空子，千方百计地把他的业务从别人手里挖过来，千方百计地在他的生意上打上利润，利润是我们的终极目的，没有利润我们做生意就毫

公关，老婆是越来越有手段了

无意义。但我们又得和他们搞好关系，搞得像亲人一样，像兄弟姐妹一样，让他们心甘情愿地给我们赚钱，来完成我们的目标计划。反过来同样，客户也在找我们的毛病，比如化学片，说我们的质量不达标，说我们的厚薄不均匀，说我们的软，说我们的不粘，烘干后不贴，硬度不够，于是，他们也要捉住我们的弱点，讨价还价，最终压制我们，当然也可以说是促进我们。所以，我们和客户的关系，有点像我们周边的国际形势，相互牵制，又相互利用。

搞好和客户的关系，是我们一段时间的重要任务，我们深知这事已到了刻不容缓的地步，已直接影响了我们的生意质量。拖账赖账逃账，那是个别现象，不是主流，大家还是愿意在秩序内和平共处的，生意也好，生产也好，大家都不愿意被一些无序的因素纠结着，没有秩序，大家最终会是一事无成。

第一个改善的措施是我提出来的，要摆新年酒。这需要相当大的勇气。鞋料是细碎的生意，一年的收入非常有限，要拿出一部分钱去做这件事，需要和老婆达成共识。老婆开始很不愿意，觉得吃力不讨好，关键是还不一定有效。因为我们的客户说起来也有一百来个，但大小、好坏、有情、无义却是参差不齐。我们还有很多供应商，还有一些枝枝杈杈的关系。混七搭八的，不很清爽。我告诉老婆，这是一个机会，做好了，也许会有一个好的改善。我们实际上是在施放一些信号，关系好的，我们是在维护友情，期盼着来年更好；关系一般的，通过这个形式看能不能把他拉住，能不能把他发展起来；关系不好的，我们也做给他们看看，我们展现自己的实力，展现自己的资源，会对他们有所触动。时值春节前后，我们以分岁酒或新年酒的形式，在东海渔村里摆了十五桌。叫客是一个问题，都说酒好摆客难叫，但我们还是努力地叫了，好的坏的远的近的我们尽量都叫到，效果和作用都非常好。平时大家只知道我们是做鞋料的，开了一个小店，不知道我们有这么大的关系群，现在像团拜一样，欢聚一堂，其乐融融，大家非常地开心。关系本来好的，不失时机地说着我们的好话，在为我们捧场；关系一般的，也感受到了我们的热情，多少影响了他们摇摆不定的心；那些关系还没到一定程度的，我想他们也看到了我们的人格魅力，他们回去会思考这个问题的，会掂量掂量我们的。

我们还不是一般的请，要请就请得大一点，让他们觉得我们不是在敷衍，不是在搞形式，而是真心诚意的。这种诚意体现在酒席的菜肴上，完全就是订婚酒的规格，黄鱼、甲鱼、三文鱼，蚕虾、龙虾、大闸蟹，虽然样式有点重，但盛情不嫌重复。我们还搞得像结婚酒一样，桌上还分烟分红包，还像新娘新郎一样一桌桌地敬酒。

这次新年酒之后，老婆的口碑一下子就好了起来，说她开了鞋料界的先河，虽然有奢侈之嫌，但意义非凡，把大家不知不觉地团结了起来。原来鞋料界和做鞋界像一盘散沙，只做生意，不曾往来，经过这次实践，大家忽然觉得像一家人一样，走得近了。大家对我也是赞赏有加，说能委身做这些事已不容易，能这么护着老婆的实在不多。对这些我都无所谓，我在意上心的是他们的态度，他们对我老婆的感觉，他们如果觉得这是我老婆因为生意而答的谢，说明还没有进步。如果他们觉得我老婆人好，做事有人情味，他们要以兄弟姐妹相称，无论如何他们都愿意捧我老婆的场，要是这样，这个酒就摆得成功了。

但我仍觉得不够，这个举措虽然有效，可惜间隔得太久了，我们总不能老找借口摆酒吧，老找事由来聚会吧，假如一年只安排一次，那这样的情感联系也太单薄了。我对老婆说，你平时多留点神，要千方百计、不择手段、不因事由地套近乎。老婆说，生意以外生产以外的也要注意吗？我说，什么事都要注意，看我们能做些什么，只有好，没有坏。

那段时间，我老婆就像间谍一样，一方面和人做生意，一方面打探人家厂里的机密，有什么事在操办。一次，一个采购员说漏了嘴，说他们厂要搞厂庆了，说最近都在排练节目。老婆把这个消息带回来，我就说，这个要去，这是个机会，平时为了业务跑都跑去，这时候有这个由头为什么不去啊。

这是青田的一个厂家，离温州有一百多公里，我们探来消息说，他们要搞个厂庆庆典，要搞新年献词，要表彰去年的先进，要每个车间出个节目搞职工文娱竞赛，虽然是自娱自乐的形式，但要搞得有条不紊也是困难的。我对老婆说，你了解一下看，他们需不需要个导演，我们文联下面有这样的人才，到时候我给他引见一个，把他们的庆典搞得像样一点。后来想想算了，这样的帮忙有预见、有计划，感觉不很意外，引不起惊讶。我就对老婆说，你不要告诉他，到时候突然去一下，送个大礼，给他一个惊喜。

这个礼我们要颇费一点心思了，就不是烟呀酒呀这类的。老婆说，我好像听说，他们同时有个办公楼要落成，庆典那天要剪彩。我说，这就好，我们把他的办公室装扮一下。我们文联下面有一些书法家和美术家，这个资源他们没有，而我们就像自己的一样。那些鞋老板我是知道的，有了钱之后，也想附庸风雅，也想装文化装素质，但他们不懂这个，以为字画都是一样的，挂起来的都是好的。我曾经见过一个老板，戴很大的戒指，很粗的项圈，脚脖上也围着链子，但办公室里挂的都是印刷品。

我准备叫个写意的画家，画个硕果累累，涂些枇杷、葡萄、劈开的西瓜。书法也是温州的名家，写个厚德载物或宁静致远，鞋老板最喜欢这种。裱好，框也做好，以我的关系也不会太贵，但送到厂家，特别是庆典那天，就可以尽情地想象了——锣鼓喧天，彩带气球，新落成的厂房，整齐的车间列队，老板兴致勃勃地发表新年献词，这时候，我老婆突然造访，在轰隆隆的场面里，在有朋自远方来的气氛里，把准备好的书画从车里搬出来，那是怎样的一个效果，那个惊喜和感动都无法用言语去表达……

一个老板的老爸没了，他要回家去料理后事，他家在文成山区，在大明军师刘基的那个地方。这条路我以前下乡时走过，是通往铜铃山的崎岖途中，要连续在山道上弯两个小时。我对老婆说，这样的机会一辈子也只有一次，要去，要去。原定是四月五日出殡的，我还建议老婆要提前去，不光是去参加一个葬礼，还要看看有什么忙可以帮的。因为都是山路，我担心老婆的开车技术，最后我也请了假，陪她一起去了。山道弯弯，我们走了两个多小时，途中还迷了路，跑到岔道上去了，等我们赶到那个老板家，他们家人都感动死了。说朋友来帮忙是有的，员工来帮忙也是有的，但生意关系这么大老远地过来帮忙，你是唯一一个。这就有效果了。

　　乡下人对丧事的要求不是很高，而且比较简陋。老婆对我说，你给他出出主意吧，最好打我们温州的格，做得圆满一点。打格，就是按照温州的规矩。老板因为在温州办厂，也想在乡人面前摆摆谱，做做时髦，也就同意了我的建议。温州死人会在家门口摆二十个花篮和很多的花圈，以示自己家人脉广朋友多；我还建议老板再拉些绳子，每个送礼的人都用挂白条的形式亮相一下，这样送的人高兴，看起来也热闹；温州死人还要贴三张讣告，居委会一张、路口一张、家门口一张，乡下不一定时兴，但贴一贴也是个气象，老板就按照我的意思，村口一张，供销社边上一张，家门口一张；讣告也写得比乡下的规范，完全是温州的范文，这个我以前写过，虽然不知道有些含义，但也貌似威仪。信基督的，我写上某某弟兄蒙召归天，安息主怀，共享圣光；没有信仰的，就写上谨择吉日举行遗体告别，亲邻戚友莅临执绋者，存殁均感。我平时也涂鸦些大字，虽然不似书法家那么有出处，但书卷气还是有的，我老婆就怂恿我为老板写人情条，我知道这时候的表现，不讲究好坏，完全是"友情出演"；我不写土头土脑的"千古"，而是写"驾鹤西去"，下面写"某某敬挽"，搞得很书面的样子；还有，灵堂上面的对联也是我写的，乡下人一般没有对联，尤其是平民，没有"丰功伟绩"，就更难入联了，这难不倒有心人，我事先已有了准备，就写了一对好听又通用的"天上正缺一轮月，地下还钟百岁人"，老板问什么意思，我说，好的意思，美满的意思。一定要解释明白，就说，在世时长寿，大家都高兴；现在去世了，就像天边的月一样。老板密密点头。这事让老板很感动，也非常有面子，他老家的乡人说，是城里的专家来办的丧事，这可非同小可，呵呵。

　　我们当然不仅只这几件事，关键是我们有了这样的理念，把客户做成兄弟姐妹的理念，这不是我们的服务内容，但比具体的服务细则更重要，我们虽然是小店，但"资质等级"要那种"旗舰店"，很多事我们在学习中慢慢提升，最后都能够运筹帷幄。

生意经和生意都没有关系

说了这么多，好像都在说店里的皮毛，怎么讨债啊，碰到些什么困难啊，怎么与人打交道啊，其实还有很多可以说的，比如和竞争对手的关系，和好的厂家的关系，这里就不一一赘述了，但都没有说到关键的一点——怎么做生意。一个店，做的又是细碎的鞋料，难上加难的鞋料，又能够做得这么久，中途没有夭折，肯定是有它的"生意经"的。不好意思，我们不同于一般的生意人，才在这里说了这么多，又因为我会说，才说了这么多没用的话。而生意经，既是我们的商业秘密，又是我们的吃饭法宝，我们也没有总结好，当然是不能随便说的。一说，鞋料店便岌岌可危了，因为这个店实在是太小了，太不起眼了，谁都可以开的。我只能稍稍地透露一点，比如我老婆的说话艺术，就拿化学片来说，遇到讲究的厂家、爽快又爱面子的老板，她会说，你觉得现在这东西怎么样？老板说，这个好，你以后就给我这个。我老婆说，那你这个先做，再过半个月，我外面还有个更好的东西过来，到时候你再试试，不过，价格要稍稍地高一点点。老板说，不要说价格，东西好最要紧，你一个小东西，在鞋里占多大的比重啊，微不足道的，但东西不好了，一双鞋被你做糟了，牌子被你做倒了，就得不偿失了……换了省钱的厂家、精打细算的老板，我老婆又会是另外一种说法，说你如果嫌贵，我回去再把价格排排看，看能不能再挤一点优惠给你，真要是不行，我叫外面的供应商专门为你们做一单，但价格不会少太多，也许会少那么一点，因为这产品大家都能做，没多少空间了，都已经见到底了。其实，我老婆说的东西，好的或者一般的，我们仓库里都有，都垒在那里好好的，东西不相上下，价格也差不多。但经她这样一说，显得特别地诚恳，听起来也特别地舒服，貌似在为对方着想，实际上还是把钱给赚了，而且还把后续的生意也接上了。

做生意确实需要有天分，我老婆就有这样的天分。她以前在工厂，从未做过生意，但一做，就很像模像样。她站在店里，与那些杂七杂八的鞋料为伴，和那些鞋料相辅相成，相互融合。她站在店里，就像农民站在田里，全身上下散发出与环境融为一体的和谐气息。

这是我的发现，我开始在店里的时候就有这样的感觉。我不会做生意，即便是人在店里，也是看着她做生意。她做生意的手段我不懂，但我发现她说话的声音很好听，以态度感人见长，她一手拿钱一手拿鞋料时都是笑容满面的，如果不是身处其中，还以为她做的不是鞋料生意，而是手表、首饰、玉石生意，是干净又体面的行当。尤其是她和客人们打电话，如果不是我心中有数，我会像突然接到了睡的指令，会身不由己地想躺下来。我听着她的声音，她的声音非常甜美，甚至有些风流，如果对方有邪念，一定会想入非非。由她的声音，我会很自然地想到她的神态，她的神态肯定是楚楚动人的，甚至感觉她脸上像抹了油彩一样闪闪发亮。

其实，我老婆是无法与客人做更多更深的交流的，她毕竟是从工厂里出来，她本来也比较老实，她除了热情和心地好，没什么深邃的思想。开始的时候，她还比较生疏的时候，她的热情归纳起来就是两句话：你能出来吗？有出来就到我店里坐一坐啊。或者，你什么时候有空啊？有空，一起来喝个茶哈。她这样说往往给客户造成了错觉，以为有什么名堂，因此，那个时候，店里经常会过来一些探头探脑的人，坐一坐，眼睛闪来闪去，看看没什么动静，又莫名其妙地走了。

那时候，我真想对老婆说，做生意没必要这样，这会让人感觉你轻飘，会给人误解，你是卖鞋料，不是摸脚穴，更不是开发廊。但这样的话我怎么说得出口？我会对老婆的行为怀疑吗？没有，怀疑我就不让她开店了。我会不放心她与人交往吗？放心，不放心我就寸步不离地跟着她了，那样就太小人了。那还说什么，那就把自己的想法藏起来，烂在肚子里。她生意做得不错，从一开始的冷冷清清，到现在的红红火火，也许就是因为她热情客气的缘故。我不是口口声声地说要支持她吗？我所说的支持，不能只停留在口头上，不能只是时间和物质上的支持，还应该包括精神层面上的。

做了生意之后的老婆一下子漂亮起来了，我单位的同事都这么说。他们开始说，喂，隔岸路那边有个卖鞋料的，和你老婆真像。我说，那就是我老婆啊。他们马上会露出惊讶的神态，说，怎么比以前漂亮了。我说，是啊，我也觉得她比以前漂亮了。我不知道老婆为什么会突然漂亮了，是我以前没发现她的漂亮吗？后来想想，不是，是因为她做了生意的缘故。人逢喜事精神爽，生意就是老婆的喜事，她要做生意，爱上了做生意，生意也适合她，两者相得益彰，她的优势就显现出来了，她的精神就焕发出来了，看起来就漂亮了。其实不是漂亮，少年无丑女，老来无美人，这时候的老婆，只能说是端正、顺眼。

当然，老婆的生意不仅仅是因为她的端正和顺眼，客气和热情，她还是有一些"雕虫小技"的。

温州的鞋厂一般都是家族企业，家族企业的格局就是上辈留下来的，夫妻来经营的，子女一起帮忙的。家族企业还有个特点就是不肯花钱请管理人员，什么事都捏在自己手里，什么事都得自己知道，自己说了算。一般是老公负责研发、生产、营销，老婆负责财务、食堂、后勤。家族企业一般都没有规模档次，所以，相对来说，家族企业的理念、前瞻性、管理模式等都比较落后，这也导致了家族企业的老板老板娘们整天待在厂里，他们以厂为家，疲于忙碌，对自己不好。什么叫"对自己不好"呢，就是对自己没有要求，没有参照物，任其邋遢，怂恿自流。按照我的说法，说自己把自己放弃了。因此，男的先不说，老板娘大多都土里土气，不修边幅。由于长期窝在厂里，吃住随便，不注意，也不知道，她们大多身体像奶妈一样，一般都游泳圈三个，腋下一个，肚子一个，小腹一个，好一点的也是两个。

鞋厂任何一个微妙的现象，也许都是商机，就看你敏感不敏感，有没有这方面的嗅觉。老婆早就看到了这个问题，当然这也和我从事文联工作有关，我会经常地给她灌输一些理念，形象的理念、生活的理念和生命质量的理念。我说钱够用就可以，赚多了人会为钱而累。我说，上天给人的好时光就那么几年，这几年若是不讲究，一旦放开就再也收不回来了。我说，知识是生产力，其实气质和形象也是生产力，你东西再好，但人一塌糊涂，谁还会来买你的东西呢。所以，在老婆的生意稍稍地稳定之后，我就把她鼓动起来，去跟着人家学舞了。我告诉她，能不能跳舞是天生的，但能不能去看看却是可以创造的。我说，去听听音乐，听老师讲讲，如果能动则最好动动，你到了那场合，自己不知不觉就会把背直起来，把胸挺起来，为什么，环境对你的要求，你对环境的反应。我说，你不用花太多的功夫，不用跳到中央歌舞团的水平，甚至温州歌舞团的水平都不用，你只用跳到社区或小区歌舞团水平就足够了。现在我老婆一星期两次，风雨无阻，雷打不动，都坚持好几年了，她现在的形体上完全可以称得上"年代标准"，赘肉没有，游泳圈没有，她虽然每天开车，但开车也是挺背收腹的，对自己非常有要求。

她到了那些厂里，老板娘们都羡慕死了，说你体形真好哪，你练多少时间了，我不知能不能练起来哪。

　　说了半天，我老婆也在做这方面的"生意"，或者说这也是她生意的一部分。开始的时候，她不知怎样和她们接触，怎样和她们亲近，那时候她也经常地送一些小恩小惠，什么香水啊、化妆品啊、安利产品啊，后来发现，老板娘们一日三餐都不正常，她们根本不吃安利；她们也不出去，没有用香水和化妆品的习惯。现在，老婆去那些厂里，在带去自己新产品的同时，带去的还有自己的形体，她把自己打扮得光光鲜鲜，那些老板娘见了我老婆就会说，你这件衣服真好看啊，哪里买的啊，自己做的吧。继而马上会说到老婆的形体，说也就是你穿穿的哪，穿在你身上那才叫衣服哪，我们根本就没福气穿哪。又说，怎么给你练起来的，你看我们这身体，咸菜桶一样。这时候老婆就会说，好练的哪，我陪你练哪，我们一起练哪。

　　老婆在一个舞蹈班里学跳舞，老师是我们文联退休的艺术干部，原舞蹈家协会的主席。开始她也不肯去，她是个传统又古板的人，觉得跳舞不好听。概念里，社会上的跳舞无非是这么两种，一种是交谊舞，社会上也有叫"贴面舞"的；还有就是在街角、公园里跳跳的热舞、广场舞。老婆不喜欢这些舞，前者说起来有歧义，后者虽然简单，但没身体跳，跳不动。老婆说，别人要是问，说也说不清楚，还以为我在外面疯呢。后来，老婆到了我们的舞蹈主席那里，才知道主席的舞不是一般的舞，叫民族舞，有档次。民族舞的乐曲都不一样，《梁祝》《摇篮曲》《雪山飞狐》《在希望的田野上》，老婆哼这些乐曲的时候，声音都是软的，在家里练的时候，没什么太大的动静，舒缓、柔美，以双手引导形体，简直是轻歌曼舞。后来，老婆在和别人说这些的时候，要是别人口误了说她跳舞，她就会强调地纠正过来，说，我们这叫形体，是民族舞。

她尝到了甜头，也把这些甜头传达给那些老板娘。现在，很多老板娘都被她发展起来，成了她的班友，舞友，她们一星期有两天在一起，亲如姐妹，讨论颈脖挺不挺，身体紧不紧，兰花指对不对，为体形一点细微的变化而高兴。她们在一起的内容也很多，排练，听讲座，有时候还客串一些简单的演出；有时候车子载来载去，有时候衣裤借来借去，你看见好看的胸花为她买一枚，她碰见柔软的舞鞋为你买一双；聚餐，开年会，给老师干家务。你说，她们形影不离了，生意还会有问题吗？根本就不在话下。

老板娘的身形和气质起了变化，佩戴的东西也不一样了。黄金不戴了，玉石不戴了，她们觉得那些俗，那些土。老婆觉得这又是一个可以沟通的领域。其实，老婆也已经悄悄在发生变化了，她也是受了舞蹈主席的影响，主席戴什么？戴杨丽萍那样的东西，一些银片、一些珠子、一些石头，不用怎么讲究，有个性就好。主席是承袭了杨丽萍的风格，但稍有变化，她戴紫檀、沉香、象牙和绿松石，温州人还是不知不觉地讲究质地和价格的。老婆再从这个基层上演变过来，按照她的说法，温州人也不能太素，她追求有品位的热闹。为了这，老婆还跑了一趟浙江的浦江和江苏的东海，她已经被一种新型的宝石所吸引，她喜欢这些东西，她的脑子里闪烁着和这些东西有关的信息，她想做这些"首饰"生意。

这个生意我劝她不要做，我说，一个鞋料店，够你忙的，你再搞这个，身心都分不过来。她说，忙不是理由，我们什么时候闲过，我们就是为忙而生的，忙才有意义。我说，这东西是玩货，玩玩可以，但赚钱难。她说怎么呢，你说说道理看。我说，这东西也算是贵重的东西，贵重的，买的人就会慎重，就会少。我又说，买这些东西一般是很少有人单独来的，都要有朋友引路，为什么引路，一是怕买错了，二是怕买贵了，基于这两点，这生意就比鞋料难做。我说，鞋料是鞋的必需品，没有它，鞋就成不了。这些东西是消遣的，挂的、戴的、佩的，袋饰和车饰，没有它，一点也没有关系，没有它，她们不会活不下去。我说，但你可以以这个为幌子，招引她们，为生意铺垫。我这样一说，老婆就听进去了。她正儿八经地去买了很多东西，还专门做了一个放置的盒子，像杜十娘的百宝箱，搁置在小车的行李箱里。百宝箱带在身边，老婆就有了交流和介绍的欲望，每当到了那些厂家，她都不会忘了展示这些东西。她会对那些老板娘说，我有秘密武器。那些老板娘的胃口就被她吊了起来，就

老婆又做起了水晶生意，只为快活，不为赚钱

跟她到了车里，然后她打开百宝箱，两个人马上就钻着头，津津有味地摆弄起来。这是老婆的另一个"生意"，但它不赚钱，玩玩而已。

老婆从东海和浦江带来的东西，五花八门，丰富多彩，别说是看，说出来让你听听，你都会目瞪口呆。什么石榴石、福禄寿、金发晶、红纹石、托帕石、海蓝宝、绿幽灵、蓝月光、茶水晶、彩虎眼、青金石、红珊瑚、碧玺、琥珀、蜜蜡。为了这，老婆还做了很多功课，什么星座戴什么，什么月份戴什么，心情好时戴什么，运气不好时戴什么。这种东西，因为它的新，就会被人编造出一些蒙人的说法，就像那些疑难杂症，大医院治不好的，私人医院就会乘虚而入，广告满天飞了。什么紫水晶戴智慧，黄水晶戴偏财，什么是偏财，打赌、买彩票的就属于偏财；发晶戴正财，什么叫正财，上班、办厂、做生意的就叫正财。蜜蜡、珊瑚属于有机宝石，是戴免疫的。福禄寿是七种颜色综合的水晶，戴好运。碧玺主要看颜色多否亮否，颜色多的亮的就好，红的戴心脏，蓝的戴脾肾，黄的戴胃肠，绿的戴肝胆，白色最好，戴肺。那些天，老婆每天都在背这些"知识"，这不是她的长项，学起来就难，你如果叫她谈鞋料，她闭着眼睛都如数家珍。我不赞成她这样说，这样说有些勉强。我跟她说，你不能说得太小儿科，说石头戴什么戴什么，你信吗，你自己都不信。我说，你干脆另辟蹊径，另外说一套。你就说玉、翡翠那是老的宝石，是历史沉淀的，人们认可的，但不等于新的宝石就没有，新的宝石也会不断地被人发现。现在那些产玉的地方都没有挖了，老坑都枯竭了，那么势必会有一些新的宝石去代替老的宝石，慢慢地为人们所认识。这就是我们现在在做的宝石，假以时日，假以宣传，加上人们的感受和效果，这些宝石肯定也会为大家所接受，所推崇。就像现在还在不断地做瓷器做陶器一样，放上几百年，它也就成了古董了，就是这个道理。

我这样说了，老婆就信心更足了。现在，她出门都会带好几条这样的宝石，每天换每天搭配，每天都有新气象新景象。她这样出现在那些厂家，老板娘没看见她带来的鞋料，看见的都是她手上、脖子上的宝石，这就进入了老婆设定的程序，老婆要开展览会了，她一套套地搬出现炒现卖的"知识"，加上她的诚恳，老板娘就和她处得更融洽了，宝石也在她们之间跑来跑去，都被她们笑纳了。

现在，这些宝石成了她们相互电话中的一个重要话题，我在家也常常会听到这样的来电，我今天去吃人情酒哪，我穿旗袍哪，你那条施华洛世奇的胸链借我戴一戴哪，还有你那条绕三串，我也要，不绕我手上空落落的。这时候，我老婆都会欣然答应，好的好的，你过来拿呢，还是我送给你啊？

这就是现在的生意氛围，没有纯粹的生意，也没有不承载着人情的生意。

生意还在做，不都是愉快和笑脸，烦恼和无奈也无处不在，决绝和残酷也会随时发生，不然也不会有这样专门针对鞋料的顺口溜了：投身鞋料真叫累，一年到头盯摊位，为了卖货要下跪，为拉关系常破费，客户要求不得罪，巴结应酬喝伤胃，拖账逃账最崩溃，一把鼻涕一把泪……

我们有生意经吗？有，或者没有。这些是生意经吗？也是，也不是。生意是个大社会，在这个社会里，什么都可能发生，发生什么都很正常，没有语录好学，没有条条框框可言。好的地段，不一定能开出好的店；好的店，不一定能做出好的生意；好的生意，不一定都能做久做长。生意是一个复杂的过程，跟路段没有关系，跟什么店没有关系，跟卖什么没有关系，跟客源多少没有关系，跟市场原因没有关系，跟服务态度没有关系，跟靠山背景没有关系，因为大家都在做生意，却有做得好与不好的。我们是凭感觉在做，凭热情和智慧在做，凭关系和人脉在做，有时候生意经真的和生意本身没有关系，但也许和什么都有关系。

生意是奇特和鲜活的小说

生意是什么？对我老婆来说，是生活，是生计。而对于我来说，也许是发现，是文学，是小说。这几年，生意带给我的小说不少，也曾经有人说，我写的生意很鲜活，很精彩，像那么回事。我只能告诉大家，我不是在编故事，也不是在体验生活，我就在这浑浊的泥污中，但我力求做到精确和优雅。

这几年我写了不少生意小说，或者叫经济小说，或是由生意经济引发的小说。有《市场人物》，写市场里的"破烂王"；有《第三把手》，写努力工作的小三；有《乡下姑娘李美凤》，写暧昧的老板和员工；有《推销员为什么失踪》，写扰乱市场的不良商贩；有《斧头剁了自己的柄》，写倒霉的讨账人。但我喜欢的还是与自己的生活契合得比较好的《讨债记》，似乎原汁原味，但也有困顿和觉悟。因为那几年，讨债成了我生活的雷区，成了我的心头之痛。辛辛苦苦的一年生意，到头来钱都被别人欠着，不讨回来，等于一年白干；不讨回来，老婆就寝食不安；不讨回来，我也没好日子过。尽管我也是一家之主，尽管我没有功劳也有苦劳，但讨债讨不回来，怎么也说不响，再努力表现也是白搭。我就把这个小说在这里呈现一下，奇文共欣赏，疑义相与析吧——

讨债记

[1] 有一天，我和老婆躺在床上说话。

我们刚刚做完爱，我们这天做得早，比往常要早，所以，做完了，我们暂时还不想睡觉。我们就这样懒散地躺着，身上散发着醇厚的体香，意犹未尽的手动来动去。这时候老婆突然戳出一句话，说，我们要生活得好一点是不是？

我莫名其妙，是啊？

我们还要改善一下房子是不是？老婆又说。

我说，是啊？怎么啦？

老婆接着说，我现在厂里没事，日后肯定要下岗，我们要留条后路是不是？

我有点着急，说，你这样是不是是不是干什么？你想说什么你就说嘛。

老婆就一本正经地说，我想做生意。

老婆是我老婆，她是个没有多少文化的女人，但她正经说话时喜欢用三个层次，以强调话的重要性。她这样说话往往误导别人，以为她善于深思熟虑，其实不然，她的头脑非常简单。我当时就跟她开了一个玩笑，我说，去死呢还早，当保姆太老，干事情没脑，做暗娼最好。我这样说的时候她就坐起来，假装生气地拼命打我，我在你眼里就是这形象啊？我就这么没用啊？我也装作慌忙招架的样子，说，我不是这个意思哪，我是说你别的都不行，就是做生意最好。

我工作的单位是市府某部门，我们有事没事地会经常编一些新民谣出来。每次我把这些新民谣说给老婆听，她都会咯咯笑个不停，说，又来了，从肺里想出来的。她是佩服我的。我举这个例子，并不是说我的话就一定都有价值，她的话就一定一塌糊涂，只要她说得对，她说的对家庭有好处，我也同样照她的办。特别是这个刚刚做完爱的时候，我更加不想给她有"过桥拔桥板"的感觉了，一切都浸泡在接纳的情境中。

我知道在温州光靠工资不行，我知道像我这样的人出面做生意也不行，要改善生活，又不直接参与，那么，这个千斤的重担就只能落在老婆肩上了。小鱼曾经说过，女人还是忙点好，忙了就没有心思了，就比较单纯了。小鱼是我处里的小姑娘，我不知道她的话里隐含了什么，有什么企图，但她的话说得对。那就让老婆忙吧，少一点心思吧，比较单纯吧。

我对老婆说，老婆，你做生意可以，你要我支持也可以，但我要和你说清楚，你别把生意的麻烦带到家里来。我还告诉她，我是很注重生活规律的，生活清苦一点，"抑欲寡欢"一点，我都能承受，但我不喜欢"饥一顿饱一顿"的生活。老婆拼命点头，她知道我话里的意思，她的脸微微红了红。她一心想做生意，只要我答应她，她简直唯唯诺诺。这样，老婆就在温州西边的鞋都门口开了个鞋料店。

温州是中国的鞋业基地，做鞋风起云涌。鞋料作为配套，不是十拿九稳，起码也是"八稳"，前途应该没有问题。

在温州，做生意任何时候都是天时，在鞋都门口开鞋料店本来就是地利，加上老婆的积极性，再加上我的支持，就是最大的人和。

[2] 做生意要有天分，老婆就有这样的天分。她以前从未做过生意，但一做，就很像样。她站在店里，与那些杂七杂八的鞋料为伴，她和鞋料相辅相成，相互容纳。她站在店里，就像农民站在田里，全身上下散发出与环境融为一体的和谐气息。

我没事的时候也会到店里去坐一坐，以示自己支持。我不会做生意，只能看着她做生意。我发现老婆说话很好听，以态度感人见长，她一手拿钱一手拿鞋料时也是笑容满面，如果不是我老婆，我肯定怀疑她与客人有染。尤其是她和客人打电话，我像是突然接到了睡觉的信息，身不由己地躺了下来。我听着她的声音，她的声音非常甜美，甚至有些风流，如果对方有邪念，一定会想入非非。由她的声音，我也会很自然地想象到她的神态，她的神态肯定也是楚楚动人的，甚至是"性致勃勃"，脸上是遮掩不住的闪闪发亮。

其实，老婆是无法与客人做更多的交流的，她除了热情，没有更深邃的思想，她的热情归纳起来就是两句话：你能出来吗？有出来就到我这里坐坐噢。或者，你什么时候有空啊？有空，我们一起去喝个茶噢。她这样说往往造成客人错觉，以为有什么名堂，好吃什么"豆腐"。因此，店里经常会过来一些探头探脑的人，坐一坐，眼睛闪来闪去，看看没什么动静，又莫名其妙地走了。

有时候，我真想对老婆说，做生意没必要这样，这会让人感觉到轻飘，你是卖鞋料，不是卖笑，更不是卖身。但这样的话我怎么说得出口？我对老婆的行为怀疑吗？没有。我不放心她与人交往吗？放心。那还说什么，那就把自己的想法烂在肚子里。她的生意做得不错，从一开始冷冷清清到现在经常地有人走动，也许就是因为这个缘故。我不是口口声声说要支持她吗？我所说的支持，就应该包括精神上的支持，精神支持当然也应该包含着这些方面。

做了生意的老婆突然就漂亮起来了，我单位的同事也这么说。他们说，喂，鞋都门口有个卖鞋料的，和你老婆真像。我说，就是我老婆啊。他们马上露出惊讶的神态，说，怎么比以前漂亮了？我说，是啊，我也觉得她比以前漂亮了。我不知道老婆为什么会突然漂亮了，是我以前没发现她的漂亮？还是她现在"相由心生"了？后来想想，就是生意的缘故，人逢喜事精神爽，生意就是老婆的喜事，她喜欢做生意，生意也适合她，两者相得益彰，她的优势就显现了出来，她的精神就焕发了出来，看起来就漂亮了。

由于老婆的漂亮和热情，常常诱导了客人多买东西。她怂恿他们说，这些东西不会臭不会烂，你备而不用，用时不备，真用不了的，到时候再退还给我也不迟嘛。那些客人也迎合着说，你说得对，也说得好听，但这些东西不用饭给它吃，也要屋给它放，它占了我的地方你付房租啊？说是这样说，东西还是轰轰烈烈地搬了过去，好像不要钱似的。其实他们都是老狐狸，说是照顾老婆的生意，目的还是冲着那个"退"，醉翁之意不在酒，在于退。他们只顾自己屁股干净，却把尾巴留给了老婆。那些用不了退回来的东西，有的已经拆箱，有的已经过期，有的已经塌价，等于退回来一批废品。看着这么多东西退回来，我心里不免也紧张起来，好像突然压了许多石头，不，是压了许多资金。老婆就笑我，你们机关干部就是这样战战兢兢，屁大的事情，也像天塌了一样。我被她说得很不好意思。女人就是这样，事情稍微地顺畅一点，就骄傲，就不留别人面子。当然，那些东西，经过老婆的伪装，经过她做了手脚，盘来盘去，最后也都盘了出去，有的甚至还被她说成了新产品。

就算这些都是老婆的本事，也是雕虫小技，真正的大事，还得我这个机关干部出面的。

就说那个南光吧。南光是一种树脂，我们店里就有卖，这种鞋用树脂是最早打入温州的，许多厂家都用它，许多店家都卖它。南光在温州是独家经销，因为是独家，他们的尾巴就翘得很。比如，大家都喜欢挤在一起做生意，他们却自行其是，自己在别处搞了个店铺，好像酒好不怕巷子深。生意做熟了大家都是朋友，他们就铁着脸不做朋友，他们老板还说，都成了朋友了，还怎么赚钱呢，一点也没有人情味。他们还一点也不入温州的"流"，不但不二价，还坚决贯彻一手交钱一手交货的方针。他们的服务态度就更差，比国营还国营。但我们的南光靠他们供应，我们一点也没有办法，不巴结不行。

我跟老婆说，我们和他们斗斗台怎么样？不斗没有出路。

老婆光了眼说，怎么斗？

我说，我们也卖原价，气死他。

老婆不解，卖原价我们赚什么呀？

我说，我们暂时不赚，我们先把市场搞乱，乱了我们再寻求商机。

尽管老婆不明白我的意思，不过，她觉得我的点子一般都有名堂，她就言听计从了。

我又说，必要时我们还可以塌价，我们亏了卖，打乱他的垄断。

这个老婆就不接受了，马上说，这样我不肯的，空忙赚吆喝总还是个赚，叫我斧头把柄剁了，我又不是傻瓜。

女人的眼光就是浅，和她讲不清楚。

我们开始卖我们的南光。我们进过来二百七，我们出手也二百七，我们就不赚，卖的就是这份热闹。我们这样卖了半年，周围的厂家店家觉得我们也和独家经销的一样，以为我们是另一个独家。我们还推出送货上门服务。如果对方可靠，我们还可以赊账。渐渐地，那些店家和厂家就被我们"喧宾夺主"了，就舍远求近跑到我们店里买了。

我们的措施奏效了。南光那边马上感觉到我们的厉害。他们感觉到老婆很会做生意，短短的时间，已完全控制了这一片的销售。他们觉得老婆店里肯定有一个脑子好的人在排阵，他们就放出风来，要拉我们的关系。

他们要我过去谈谈，我看他们态度还算诚恳，我就去了。他们那个店很大，足足有我们店十个那么大，但店大我们不怕，有句话叫"螺蛳壳里做道场"，我们店小道行大。他们请我就是一个强有力的证明。我们谈的内容是要我在这一片搞个特约经销，他们相信，凭我的能力和思路，完全可以打败其他树脂，占得先机，从而全面地突出南光。这一下我要强调利益了。我像个正儿八经的谈判使者，我跷起脚向他们提了很多条件：第一，市场价可以不变，但给我的货要掉价三块。他们答应了。第二，货款改每趟清为一月清。这个他们不同意，经过权衡后定下半月清。半月清我说不好听，像治狐臭的药粉，干脆，改为五趟清。这也进步了许多。第三，要有两百箱给我打底。这一点他们考虑了好长时间，两百箱，等于好几万块钱让我占用了。我看看老板犹豫，就跟他说，如果这一点也说不下，我回头做鞋宝了。鞋宝也是一家实力不错的树脂，我要做鞋宝，鞋宝就有出头之日了，南光就多了一个竞争对手。这一手他怕了，他就妥协了。

南光再强大，也是纸老虎。

南光老板后来支支吾吾地问了我一个不相关的问题，你在哪里工作？我笑了笑，嬉皮笑脸地说，玩啊，没事儿，玩玩。"玩玩"是个深不可测的托词，打家劫舍的可以说自己玩玩，真正的大佬也说自己是玩玩。他脸上怪怪的，不置可否地噢了几声。后来的日子，我们那一带就传出话来，说老婆那个店为什么生意这么好，就因为有背景，有神秘人物在给她撑腰。这些话有点以讹传讹，但对我们有好处，我们就默认了，不去纠正它。

[3] 老婆这么辛苦，我就应该更加自觉。我虽然身为机关干部，但也不是一点也贱不下来。我暗暗给自己定了一些规矩，下班早点回家，家务主动一点，我要把自己的角色换过来，变主宰为奴仆。

我们单位不是什么特别忙的单位，但要把自己弄起来忙，弄得很强大似的，也是容易的。我们会想出各种各样的借口来安排饭局，对外说应酬接待，其实都是在犒劳自己，反正最好的光阴都浪费在饭局上。自从老婆开了店，这样的饭局我基本上不参加了，如果我一定要去吃吃喝喝，那就意味着老婆要简单地对付一顿。朱门酒肉香，路有冻死骨，这样的景象，我是很过意不去的。刚开始的时候，同事们以为我家里确实很忙，我给他们的印象是单位店里两头跑，两个文明一起抓。次数多了，他们就觉得我是怕老婆。怕老婆就怕老婆，我一笑置之。

人的行为都是有目的的，在家里更是这样。和老婆搞好关系，是为了创造和谐的家庭气氛，说白了就是能正常顺利地做爱。我发现，我们近来做爱少了。这本来是我们的娱乐方式，想玩就玩，信手拈来，现在却成了奢侈品，非要什么仪式才请得出来。自从做了生意，老婆明显有体力透支的现象，生意是耗人身心的，不仅仅是个简单的运作，还牵挂着钱。因此，她每次从店里回来，就像跑了一趟马拉松一样，疲惫得不行。她对做爱的兴趣骤减，如果不是我主动提起，她就装糊涂故意懵懂。

对于做生意，我基本上属于袖手旁观，即使出一个主意，那也是"举脑之劳"。我心里是亏欠的，对于老婆和家庭，我有推卸不掉的责任。如果我身处显赫位置，我玩得很转，我的社会门路很广，我油水很多，老婆就不至于这样。所以，老婆做生意，我只能配合，我不能对她提太多的要求。有些事，我不好讲，虽然是夫妻，讲了也很猥琐。还是自我调节吧，就当自己对家庭对老婆做了点贡献。但这种事不说清楚，女人不明白，女人老是把做爱看作是男人对女人的索取，或女人对男人的馈赠，真见鬼，这种想法不知从哪里来的。

每天下班，我都会特地去金山菜场去转一转。金山是近郊的一个菜场，这里傍晚有农民赶过来，卖一些新鲜的蔬菜。我这天买了半只麻油鸭，这是金山菜场最有品牌的一种，老婆最爱吃；又买了一块钱芹菜，家里常备了一些腰果，可以拿出来合一下，又绿又黄，很馋人的；还买了一只江蟹，江蟹干蒸也不错，但我选择了难度较大的"家蒸"，我有意突出了我的用心，用豆腐排骨打底，江蟹的味，排骨的香，一齐落入豆腐中，再加黄姜绿葱，绝对是画中的效果；还有冬笋、鸭血、火腿暖锅，这个菜要边烧边吃才吃出气氛。做完这一切，我就坐在家里等。

　　等人的时间很无聊，我就打开电视，电视里都是有关世界杯的消息，我没有心思看进去，心思都惦挂着楼下那扇铁门。那扇铁门一会儿咣的一声，一会儿又砰的一声。夜幕降临，倦鸟归巢，这会儿都是陆陆续续回家的人，但我知道那都不是老婆回来的声音。老婆的声音我非常清楚，她关门比较含蓄，她不是任由它砰的一声，而是有控制的咔嚓一声。由这扇门我想到老婆打烊的样子，店里那个卷门声音就很大，哗啦啦的，加了油也是哗啦啦的，拉好以后要再加把大锁，那个大锁有点重，用手很难把它摁紧了，要用手瞄着对准了孔，然后踩上一脚，才会稳妥。

　　老婆一到，我就开始噼里啪啦地炒菜。她则在房间里换衣服，然后哗哗地上厕所，然后洗脸。菜烧好的时候，她也像贵宾一样隆重登场了。我们在温馨的气氛里吃饭，我们吃得津津有味。我关照她多吃点菜，吃菜吃营养，吃饭吃热量。我的话她一般都当教科书听的。我还轻描淡写地问一些生意上的事，叫她不要太累，叫她把赚钱当作游戏，换换口味，赚钱无止境，九毛九和一块你说有多大的差别呢，没有。我们的吃饭就在这轻松愉快的节奏中进行。这是我刻意设计的，其实目的在跟她做交易，想赢得她高兴。这种交易没有形式，而实际上是存在的。她高兴了，有些事就好办了，我也可以满足了。

吃了饭，我继续在厨房收拾。老婆做了生意后，我几乎不让她干活，她回家的任务就是休息。她躺在客厅的沙发上，有一下没一下地摁电视，从电视频道的转换中，我知道她是放松的。

老公，我要喝杯茶。有时候她会撒娇起来。

要红茶还是绿茶？我欢快地迎合她。坐机关的一般都嗜好茶，家里也备了许多茶。

我今天要喝苦丁茶。

我赶紧泡茶过去。我暗暗取笑自己，人才真的当奴才用了。但我心里是愿意的，这都是为了维持前面的气氛，为了把气氛带下去，为了创造新的气氛，为了……

可是，我在厨房很快感觉到，电视的频道不换了，她在客厅也没声响了。她太累了，她睡着了。

我守在她身边，不忍心叫醒她。她的鼾声涓涓的，又细又匀，嘴角还睡出了口水。她的身子根本就还没搁置好，歪歪扭扭就睡了过去，如果不叫醒她，她都可以睡到天亮。没办法，到了十二点，我还是要把她弄进卧室，要想睡得好，还得在床上。我扶着老婆，像扶着一个残疾人，她虽然踢踢踏踏地走，精神却仍在睡。睡吧睡吧，我在心里无奈地说，今天的努力白费了。她这样早睡，等于是拒绝了我，把我关在了做爱的门外。看来我得做好心理准备，打一场持久的"抗日"战争。

我还有什么意思呢？夜已经深了，电视也再见了，我也睡吧。我悄悄地摸上床，我依在老婆的背后，她把身子动了动，不是迎接我，而是把身子摆放好，使位置更贴切。我们侧卧着，像两张叠在一起的椅子。我的一只手越过她的身体，包抄在她的胯下，她的胯下又宽又大，我的手盖了个正好。我喜欢她干净温热的胯下，可惜她已经睡了。

[4] 那天晚上，老婆还说了另外一件事。那个税务专管员又来了，也不说什么，有时候坐一坐，有时候喝杯茶。我自作聪明地说，他在向你讨税嘛。老婆说，那他不明说干吗？我说，明说他不是没吃头了？我又问，他有没有什么猥琐的表示？老婆摇摇头，说，什么意思？我说，猥琐了就好，猥琐了我们就迎合他，捏他的把柄。老婆假装生气道，你当我是什么人啊！

税是要缴的，我们也没想逃税。我们开店，不是端午节卖菖蒲，我们想生意做得长，就得巴结专管员，我们想生意做得好，就得主动纳税。但税额很有讲究，定多定少，全凭专管员一句话。专管员要理解我们，税额就好商量，专管员要同情我们，税额就是表面文章，既理解又同情，那税额就另当别论了。反之，税额就高。老婆当然希望税额"低低益善"，最好能免掉。

老婆说，他是不是想和我们打联营？他说不定想吃我们的空头份？或者，还想叫我们送礼？他在等我们的态度？老婆一脸的认真，她说话又呈现三个层次了。

我问，他有没有示意我们做什么？

老婆有点狐疑，没有啊，不过，他叫我们三天后去一趟。

我一拍大腿，高兴地说，这就是给我们指了路。三天不三天他是随便说说，反正他已经宽限了。他为什么要给我们宽限？为什么不马上逼迫你？就是让我们深思，让我们找关系疏通，让我们请客送礼去腐蚀他。

老婆说，这个我可不会。

这个当然不叫你去做。我强大着说。

按理，这些事女人做起来最好看，攻关是女人得天独厚的优势。但老婆不是那种光芒四射的女人，她应付那些皮鞋佬还可以，应付机关干部就缺少底蕴。况且，她已年届四十，女人四十，黄花菜都凉了，她自己对攻关性质的交道也缺乏信心。所以，这件事只能由我来做。老婆主内了，我就应当主外，这也表明了我的支持。夫妻一条心，稻草变黄金。夫妻关系，不光是性别的关系，是需要各个方面来维系的。

这件事我做起来就方便多了。我毕竟在市府机关，说不定碰巧就找出个人来，与对方熟一熟，蛇洞蟹洞，路路相通。即使找不到熟人，机关之道也是彼此彼此的，料他专管员也不敢胡作非为。

不行！这样太公事了。现在的人，无所谓关系，现在的人，在乎实惠。实惠就是礼，礼和关系比，当然礼更重要。关系是敲门砖，礼是炸弹，炸弹和砖比，当然炸弹厉害。再说了，生意是长期的，还是花点代价好，花点代价，相对会更安全。

主意已定，我得准备准备。问题是我们现在还送不起这个礼，我们投入得太多了，我们租店面，置办栅架，还进了一批货，一个小小的店就垫了我们全部的积蓄！我们单位偏偏又是个清水衙门，我平时也没有什么外快，私房钱也很有限，偶尔写一点豆腐干文章，稿费也不过是白鱼的一滴血，就当我有积稿费的嗜好，稀疏的腋毛也成不了裘！而这个礼，是一定要送的，不但要送好，还要送得别致，送了就让他记住。

这时候，我偶尔翻到一张旧报，一则征文消息引起了我的注意，叫"续写《泰坦尼克号》"，一等奖一名，报喜鸟西服一套，价值一千八。报喜鸟啊报喜鸟，你这个名字真是好，你这套西服也不错，你这个价值也正合适，不知能不能让我得到。我就打电话给报社副刊的朋友，说了自己的动机。朋友对我想参加征文表示了极大的兴趣，说，哎呀，你来我们就得给你个奖了。

我不好意思地说，不瞒你说，我是急等钱用。

朋友嘿嘿笑着，理解理解，你肯定不是在乎这个奖的。

我说，我这钱用得急，不知你什么时候截止？

朋友说，后天是最后一期，你明天拿稿来，还可以赶上。

我停顿了一下，心里其实在默算了一下日期，专管员所说的宽限，基本上能赶上。我这样想着，就把这个决心下了。

我回家找来几期副刊，因为电影挺轰动，所以，征文的幅度也很大。我翻了翻那些征文，大多出自小青年之手，他们都设计杰克没有死，他和露丝逃过劫难，回到纽约的家乡，筑巢安窝，子孙满堂。这太小儿科了。其实我"逼良为娼"参加这样的征文也是小儿科。

我也没有把杰克写死，甚至没有把"泰船"写沉，事情的结尾有点中国特色："泰船"感人肺腑的模范事迹引起了有关部门的重视，上级指示，要组织一个"泰船"英模报告团，在全球范围内巡回演讲。报告团成员由全体生还的乘客以无记名投票的方式产生，他们是：1. 大胡子船长，他作为一船之长，在灾难来临之际，镇定自若，指挥协调有方，使损失减少到最低限度；2. 四人组合乐队，他们在最后关头，以自己的人格力量，舍生忘死为惊慌失措的人们送去最后的关怀；3. 黑衣牧师，忠于职守，在灾难面前还不放弃拯救人的灵魂，翻来覆去地做着祷告；4. 大副，在贿赂面前曾经动摇，又在良心面前幡然醒悟，是一个非常真实可信的人，可惜他没能坚持到最后，自责使他过早地自杀了，他的材料只能由别人代读……杰克和露丝能不能入选报告团，成了人们议论的焦点，但大部分人对他们嗤之以鼻，认为他们在危急关头还在和霍利"猫儿捉老鼠"，应该毫不留情地把他们拍死掉。当然，考虑到他们也曾经让众多无知者动情，评选仲裁小组特地写出了足以说服人的理由：1. 一见钟情算不了什么惊天大作；2. 贵族小姐追求一个地痞流氓式的白身人，无论从格调和品位上都不及《罗马假日》里的那一对；3. 第三者插足本来就应该受到唾弃；4. 这种不顾一切的狂热，比起《廊桥遗梦》里那种深爱下的理智和责任感不知要逊色多少倍；5. 至于他们在灾难中的机智和勇敢，这些只不过是一种逃生的本能罢了。

文章的最后还写到了他们的结局，露丝很快就后悔了，她发现爱情和婚姻根本不是一回事。爱情是灵魂空虚的表现，犹如温饱思淫欲；而婚姻是现实的，一天没有柴米油盐都不行。更糟糕的是，她好像突然明白了许多道理，她当初赞同的"享受生活每一天"，现在想来是非常地幼稚和浅薄，跟人们常说的"今朝有酒今朝醉"同出一辙，是颓废、不思进取的二流子哲学，一点也没有可取之处，她决定离开杰克。

我觉得这篇东西还是比较出挑的，有的地方还很俏皮，自己默默读了两遍，也能嘿嘿一笑。于是，连夜把它抄好，第二天上班之前送到了报社。我怕朋友笑我心急，现在也顾不了那么多了。

老婆曾经问我，专管员那件事你考虑了没有？

我没有明确告诉她。没有把握的事，还是保守一点为好。我说，我正在想办法。

老婆又说，现在是什么时候了，你还有心思在抄抄写写？

我开玩笑说，我想赚点稿费给你送礼。

老婆不屑地说，等你扒猪屎，猪也拉肚子了，等你的稿费送礼，店早被专管员封了。

我没有继续说下去，说下去也许会伤了情绪。但从老婆的口气中，我听出了她的轻蔑。我有点感觉，她做了几天生意，经手了一些钱，经济地位稍稍地有点变了，态度就不柔和了。

我在焦急中等了一天。

第三天，我没有等到去单位看报，提前到报社门口买了一张，什么也不看，直接翻找副刊。果然是最后一期，好险，差一点就赶不上了。再看，奖项也同时揭晓，一等奖真的就是我。我的手有些激动地微微发抖。

来到单位，什么也不做，首先给报社的朋友打个电话，先是装模作样地谢了一句，然后故作姿态地说，是不是有那么点照顾的成分啊？朋友说，那没有那没有，大家一致认为还是可以的，至少是千篇一律的征文中一个异样的符号。那就不客气了。急事急办，我马上到报社领了西服的提货单。

[5] 我叫办公室的小鱼一起去提西服，她眼光好，我让她帮助参谋参谋。小鱼是我的搭档，是个新分配来的大学生，二十三四岁，精精致致干干净净的一个女孩子。她比我小十多岁。当时听说一个女孩子要安排在我的处室，心里暗暗地美了一下，我甚至想，男女同事发生点故事一定会很有意思。生活太清苦了。但小鱼来了之后，我上面的想法反而没有了。她的小巧，让我心里生出了呵护的情愫；她的干净，让我连一点邪念也没有。真奇怪。有时候，收发室那个矫揉造作的女人过来分报纸，她站在我面前晃荡晃荡，挺着非常夸张的胸脯，我明明知道那是假的，心里仍忍不住想拐进她衣服里看一看。小鱼也在处室里进进出出，她也挺着宝贝一样的胸脯，小小的，翘翘的，走起路来一抖一抖，她像个小天使一样扇着小翅膀飞来飞去，我一点也不敢亵渎她。

在报喜鸟专卖店，我们煞有介事地挑着。小鱼的眼光不错，年轻人嘛，知道眼下流行什么。我平时不穿西服，我穿衣很随意，以休闲和牛仔为主。小鱼曾经说我不像个机关干部，说我像运动员。她说，你看看其他人，哪个像你。我想想计划处的小李，财务处的周处，他们的样子一点也不敢恭维，一股猪头味，但穿了西服，也人模狗样的。我不行，我的样子散漫惯了。

我在小鱼的指点下试穿西服。小鱼说开衩的洋气，我就试试开衩的；小鱼说阴条的好看，我就试试阴条的。我在镜子里照来照去，居然也像模像样的，没有"一表"，也有"半表"，但仔细分析，还是有点乡下新郎官的味道，还是像穷人家过年，一身的呆板，看着看着，自己也脸红起来。好在是为专管员挑的，不是特别地纠结，心里端着有点分量，过得去，就拎了一套回来。

在整个挑西服的过程中，那个营业员一直盯着我和小鱼看，我知道她在想什么，我悄悄对小鱼说，她一定在猜我们。

小鱼说，猜我们什么？

我说，猜我们是什么角色。

小鱼莞尔一笑，让她猜吧，猜猜多有意思，你说她会猜我们什么呢？

我故意说，她想，这对夫妻怎么这么悬殊啊。

小鱼扑哧一下笑出来，美了你的。

我又故作认真地说，要么她想，这个父亲年轻轻的，怎么女儿也这么大了？

这次小鱼哈哈大笑，还捶了我好几下，说，去你的，我叫你吃我便宜。

小鱼和我就是这种关系。

晚上，我叫老婆早点打烊，赶紧回来。她问我什么事？

我说，我们把专管员那儿走了吧。她在电话里就惊呼起来，你得到稿费啦？我得意地说，岂止是稿费。我本来想卖个关子，让她猜猜我得到了什么，自己却控制不住地说了出来，是一套西服，价值一千八，给你送礼，怎样？老婆哇了一声，这么写一下就是一套西服啊！我有点酸溜溜起来，说，我要是赚钱，比你轻松多了。老婆说，你看你看，说你好你就翘尾巴了。这件事让老婆见识了我的能耐。夫妻间，能耐就是地位。老婆做了生意后，我感觉我在家里的地位有些变化，有些移位，这件事又稍稍地让地位端正了一点。

我站在楼道里，看着楼下等老婆回来。我看见老婆从对面那条路上穿过来，她走得很快，样子好像要飞起来。她一定很高兴，高兴了才有这样轻快的步伐。一眨眼上了二楼平台，抬头看看楼上，情不自禁地一笑，然后一下子就上了我们六楼。

让我看看让我看看。她翻看着西服，有点爱不释手，又说，送别人会不会太可惜了？

我潇洒地说，为了我们的店，有什么可惜的。不破不立，不去不来嘛。我感觉这套西服使我的口气大了许多。

我们简单地吃了饭，这事宜速战速决，免得夜长梦多。在专管员家门口，我突然觉得还是老婆一个人进去比较好。

为什么？老婆问。

我说，我看过一个资料，是揣摩男人心理的，说男人都喜欢女人单独去找他。

那我有些话不会讲的，不知会不会讲砸了？老婆说。

我鼓励说，不会的，你讲得很好听的。都说有气不撒笑脸人，何况你是去送礼，又不是去吵架。只要他开门让你进去，你就成功了。

老婆犹豫地看看我，还是进去了。

我站在门口，心里突然有点忐忑。怎么让老婆一个人进去呢？想想自己也真是自私，无非是那点虚荣心在作怪，觉得自己在单位也是呸五吆六的，现在却要点头哈腰地给专管员送礼，脸上挂不住。还说自己支持呢！还想与老婆亲热！连一点奉献精神都没有！这样想着，老婆也出来了，老远就看见她一脸的兴奋。我问，还顺利吧？老婆说，非常顺利。为了放松气氛，我开玩笑说，他没对你动手动脚吧？老婆说，我都可以做他奶奶了，有什么好动的。我又问，那税款他怎么说？老婆有点神秘，你猜他会怎么说？你想也想不到。他替我们出了个主意，要我们打个报告，就说店新开不久，生意清淡，又碰着闲月，其余的，他说他会安排的。我追问了一句，他会安排是什么意思？老婆藏不住得意，他说，免了吧。我无限感慨，女人就是好，糖衣炮弹就是好，这两样东西加在一起就是好上加好。

我想这天晚上我们总可以做爱了吧。我做出了贡献，事情也很顺利，我们的气氛也很好，我们又很长时间没有亲热了。理由非常充分。

我在床上抱住了她。老婆转过身，用她的双手捉住我的双手，然后把我的双手放回它原来的位置。她看着我，似乎有些歉意，她说，今天不行了，老朋友来了。我脱口而出，这个老朋友怎么这么讨厌，它什么时候来的？她喃喃说，来了就是来了，跟时间有什么关系，又不是我故意叫它来的。老朋友就是月经，这个每个月准时光临的老朋友来得真不是时候啊，但我又没有办法赶走它。老朋友是我从余华小说里看过来告诉她的，现在，她就用老朋友来对付我。

我躺平身体，捏了捏手，深深地叹了口气，仰脸望着黑洞洞的房间。

做爱，越来越困难了。对女人来说，它有了一种应付的意味；对男人来说，它充满了一种索赔的意味。不好。

[6] 生意做得不错，老婆也赚了一些钱。赚了钱就想买东西，买东西是一个标志，是生意做得好的标志，也是自我强大的标志。一个没有钱的女人，一个在家里没有地位的女人，一个说话不算数的女人，她有标志吗？她只能看男人的眼色行事。

老婆要买一件大东西，要买摩托车。

她那天跟我商量时口气有点硬，她说，哎，你过来一下，跟你说个事。我那会儿正在厨房收拾，她在客厅里看电视，她本来应该主动出来跟我说话，但她却叫我进去。这就是在差遣我，这和过去的差别多大啊。过去她是怯懦的，没有主见的，什么事都求助于我的。现在她有钱了，"有钱能使老公推磨"，她觉得一些事她可以做主了。

她说，我要买个摩托。她其实早就想好了，她不是在跟我商量，只是向我通报，从她的口气里，我觉得自己的地位在慢慢地动摇。

一般家庭买东西都是先考虑男人的。男人骑摩托好看，男人事情多，男人可以把女人接来接去，男人开着摩托，女人像小鸟一样依在身后，双手紧紧抱住男人，这才是正常的男女造型。谁见过女人骑车带男人的？没有。男人的体面是家庭的体面，女人的风光只是个人的风光。但这件事要我发表意见，我也会支持先买她的。她现在在做生意，骑摩托上下班更快捷，骑摩托出去办事有风度，只要对她有利，我就要支持她。但她的态度我觉得有点不舒服。

老婆买的是本田50型，一种日本女式车，这种车不要求戴头盔，但她喜欢戴头盔，戴起来威风凛凛的，这有点孔雀开屏的味道，她是在显示，显示自己渐渐拥有的权力。早上上班的时候，我骑着自行车嘎叽嘎叽的，她的摩托车嗖的一下从我身边闪过，车后的尾气喷到我的脸上，像甩了我一个大巴掌。看着她渐渐远去的身影，我真有一种被撇下的感觉。

如果都没有什么枝节，这样的现象当然也非常好。至少不用我操很多心，不用太牵挂，说明我们的生活很稳定，说明我们在家里的位置很均衡，没有明显的倾斜。

那是我一段最最安稳的日子。每天，我基本上都是在办公室里度过，看看报，读读文件。阳光从窗外折进来，正好落在我的桌子上，连一片树叶的影子也没有。如果我还嫌阳光不好，我可以直接坐到窗外的葡萄架下，整个人沐浴在阳光里。我的工作环境就是这样宽松。碰上开会，那更像过节一样。开会是机关的头等大事，开会了，我们可以放下手头任何事情不做，我们欢呼着，懒洋洋地捧上茶杯来到会议室，看似正襟危坐，其实一点也不在心。下午后半程至下班前，是最最空闲的时候，我会找一个借口溜出来，到店里去坐一坐。我帮不上老婆什么忙，但人到，就是关心，就是爱护。和同事们相比，我的生活充实而滋润。在我们这个城市，我们这样的搭配算是比较实惠的，一手抓革命，一手促生产，一个公务员，一个做生意。可是我发现，同事们并没有怎样羡慕我，他们对我的成绩漠然视之，甚至视而不见。我这才知道，我做得再漂亮，再怎样运筹帷幄，那都不是我的工作，不是我的成绩。我的工作在单位，是开会，我的成绩就是把学习学好。

这段时间，我们正好在搞一个"活动"。对于活动，我们太有经验了，我们才不会为了某一次活动，而把自己弄得那么沉重。在单位，除了本职工作，会学习是一门科学，一项技巧，一个不会很好学习的干部，就不是一个好干部。

因此，这天，我和小鱼去参加"活动"动员大会时，我们的心情就像赴宴会一样轻松。

开会在人民大会堂，大会堂在人民广场和府前商场隔壁。我们经过人民广场时，看中学生打了一会儿球；我们经过府前商场时，小鱼说，我们去看看衣服吧。机关的男女是很随便的，在一起吃个饭，喝个茶，逛个街，都很正常。这里专卖外贸服装，许多样式都很对我的口味，但因为有开会的事牵着，我们基本上就是走走过场。曾经有一下，我站在一件衣服前有些专注，我想听听小鱼的意见，她推了我一把，说，你什么眼光啊？她这样说，就说明我们的距离很大，我不好意思地跟着她，叭嗒叭嗒地离开了。

在大会堂的门厅里，主任笑嘻嘻地拦住了我，说，签到签到。

我有些奇怪，这么大的会，签什么到？

主任说，这是待遇啊，别人想签我还不让签呢。

一旁的小鱼拍着我的肩，一本正经地说，叫你签你就签，别不识好歹啊，你不签，我可要签了啊。

我这才发现，组织部在旁边摆开了一溜桌子，中层干部签一个名领一份材料。是市里四套班子头头的自我剖析材料，接下来我们这些中层要对它进行民主评议。

我们进了会场，里面已坐了黑压压的一片。小鱼说，坐后面坐后面。这种会，除了必须要在前面亮相的，一般都喜欢坐后面。我开玩笑说，坐后面好像谈恋爱看电影一样。小鱼接着说，可惜不是鸳鸯座。小鱼来单位时间不长，但在我身边也学得伶牙俐齿了。

我们坐在最后，暗暗的。头上是一个放映口，有一片光像烟一样透出来，有灰尘像蝇子一样在光中飞舞。借着这点光，我打开那袋材料，左上角赫然写着"绝密"两个字，这是我经手不多的绝密文件，我的荣誉感油然而生。我翻了几页，又翻了几页，我看到了一个通知，要求中层干部，本着负责的态度，写好评议，在规定时间内交回组织部。这样说来，中层干部的权力也是挺大的，我的使命感又升了一升。

这时候，我腰间的传呼振了起来，我看了一下，是店里的号码，店里会有什么事呢？不会有事。这会儿我正在开会呢，开会最大，开会了，什么事都可以先放一放。况且还有小鱼在我身边呢，小鱼在，和老婆说话就不方便，就生硬。我想把传呼掐了，想叫它不再提醒，但它却一点也不想松懈，又迫不及待地振了起来，跟踪追击，这可是急事的信号，我急忙掏出手机，弯下身体打起来。

你能不能来一趟店里？老婆说。

什么事，你说吧，我这还有事呢。我态度冷漠。

我们有个钱……被人欠了……拿了很久拿不回来……老婆支支吾吾的。

我的头腾地就大了起来，身上不由自主地冒出了细汗，我在心里咬牙切齿地说，这个没有三思的冤家啊，这个不懂事的女人啊。我真是这样想的。她怎么就不理解我的心思呢？我现在多忙啊，在"活动"，在开会，接下来还要写评议，要对上级负责，叫她不要把生意的事带到家里来，叫她不要烦我，就是做不到。

我强忍着性子，压着声音说，你被谁欠了？人在哪里知道吗？

一个平县人。她说。

你怎么这么不小心，你怎么能和平县人打交道呢，平县人是全世界最会骗的人你知道吗，社会上那些连环骗都是平县人发明的。

我又不是他肚子里的虫子，我怎么知道他会骗啊。老婆强辩着说。

我有点不耐烦，这些人你一接触就知道了，看看不对劲就要放弃。

你这也放弃，那也放弃，那你开店做什么？你干脆关门算了。老婆也高声起来。

我鄙夷地说，你呀，不开店可能还好些。你是不做赔顿饭，做做亏一万！

前面有人回过头来看我，带着轻蔑的眼光，好像我素质很差没有公共道德似的。我才不理他们呢，如果他们也投入了资金做生意，他们就会理解，就不是这样的态度了。小鱼轻轻地拉了拉我的衣袖，我知道我有点激动，在小鱼面前我得收敛一点，我得保持风度和形象。

我对老婆说，好了好了，再说吧，我现在正在开会。

开会开会，你除了开会，还会干什么？老婆像蜜蜂一样，抓住机会又狠命地刺我一下。

我觉得很尴尬，在小鱼面前和老婆吵架是很不光彩的，我觉得自己很丢身份，不仅丢了"长者"的身份，也丢了"领导"的身份，我不好意思地看了看她，她善解人意地对我一笑。她说，没事吧？我说，没事没事。

可是，我的情绪已经坏了。我不再说话，我有点心神不定，我身在大会堂，心已经扑棱棱地飞到店里去了。老婆受人欺负，我当然担心，我应该拔腿就跑，快快赶到老婆身边才是。但是，我现在在开会，我不便走动。开会这件事，随便起来很随便，严肃起来很严肃。会场上，从麦克风里传出的声音，在墙壁上撞来撞去，我就是竖起耳朵，也听不清在说什么。小鱼为缓解我的心情又开起了玩笑，哎，你看那个，左边第二个，像不像考拉？她指的是走廊里的那些保安。是的，很像，像那种澳大利亚的考拉熊。她又说，那个，你看那头，多么像蚂蚱。是啊，是很像，不仅形似，而且神似。但我没心思欣赏，也没心思附和，我只能在心里承认，小鱼概括得很准，她是读文科的，有形象思维。

[7] 那个平县人，我是一定要找他的。这关系到我的声誉。

在这件事上，老婆有错，她犯了粗心大意的错，我在心里抱怨过她，但我这人不喜欢唠叨，一般既往不咎，事情既然出了，就要全力以赴去解决它。我找平县人的目的很明确，就是要讨回钱，我们开店就是为了赚钱，欠了也就欠了，拿不回来，那我们开店干什么？这是个原则问题。另外，我也是变相地向老婆妥协一下，我前面说的都是气话，我当时是气昏了头，我去找平县人也算是主动改正。夫妻嘛，白天打一团，晚上睡一床，不能为一点点事就意气僵着。大敌当前，最最重要的就是一致对外，替老婆争口气。我要正告别人，老婆不是一个人，她有坚强后盾，能摆平一切，这个后盾要延伸下去就是市府某部门，甚至就是市府。

老婆说，他欠我们两千块钱。

这不是钱的问题。

老婆说，他们厂在黄龙27号。

这个地方我熟。

我就一点点找过去。是个城乡接合部，到处都是乱哄哄的打工仔。开始我怎么也找不到，我曾经想打退堂鼓了，找不到就算了，回去吧。后来想想，回去不是办法，为了家庭的气氛，我还是得回去，而家庭气氛的根本好转，就是要拿到钱。我只得硬着头皮乱找，转了好几圈。黄龙15、17、19，一个个数字找过去，找着找着，突然就断了。我慌起来。后来，好不容易又在别处找到21、23、25、27。我原来以为这肯定是个虚无的地址，还真有，逃得了和尚逃不了庙，有庙就好。

我接着看他们的厂房，其实也就是几间农民屋。看厂房的目的是摸摸他们的底细，他们有多少人，有些什么设备；接着看他们的秩序，他们在屋里搭了小阁楼，楼上是划料、车包等上工序，楼下是夹包、上底等下工序，也不是一团糟。规模和秩序都可以，这钱应该没有问题。

有一个人出来问我干什么？

我说，我找厂长。

他说，你有什么事吗？

我说，我有要事要找厂长。

你是谁？他的话跟前面的那句是一个形式。我就知道这个就是厂长了，就是平县人了。这种表述看似滴水不漏，其实等于自招。机关里的人，猜这些还是绰绰有余的。

我就说，我是老婆店里的，我们那个钱你打算怎么办？

他说，我现在没有钱。

那什么时候有？

他拖着声音说，什么时候有，我也不知道，有的时候有吧。

油腔滑调也不看看时候，我就声嘶力竭地叫了起来，你怎么说话的你？你是不是不要饭吃了？

他要起了无赖，一副死猪不怕开水烫的样子，我确实没有嘛，你叫我说有也没有用。

这样的话没法说下去，等于拿刀把话斩了。但我不甘心。心想，黄世仁奈何不了杨白劳，医生还怕治不了病人？我就拉开了城里人的架势，我虽然不是什么江洋大盗，但我知道一个道理，城里人再弱也是坐地的虎，平县人再强也是出地的猫，猫和虎比，当然是虎厉害。我说，你给我好好听着，你当不当回事你看着办。我只来一次，两次也不来。我给你五天时间，五天以内，你把钱送到我店里。不然，别怪我拉了车，把你东西给搬了！

回来的路上，我觉得很痛快很解气，好像摁着别人揍了一顿。仔细反思一下，自己也吓了一跳。我一个机关干部，有的也就是几句口才，我有什么能耐勒令别人这样那样，我有什么本事搬人家的东西，搬过来又放哪里？真是兴头上说话不用草稿。如果平县人犟嘴，说你搬好了，说我正愁着做不下去呢。我岂不是自己把自己给晾了。

这件事我暂时没有告诉老婆，没有眉目的事，说了还以为我吹牛。

在家里，我和老婆继续着前面的尴尬。我知道，就算我马上低三下四，僵持还是要延续几天的，这种尴尬，只有等拿到钱以后才会彻底地烟消云散。当然，家里的事我还是尽心尽责的，我知道，女人往往被平凡细小的事情感动。每天，她从店里回来，我都主动给她开门，事实上，我等的就是这个机会。我说，你回来啦？她目不斜视地应了一声，径直往屋里走。好像我开的不是自家的门，进来的也不是我的老婆。吃饭的时候，我都要叫她好几次，比请客还要难。她说自己不饿。怎么会不饿呢？分明在回避我。对付这样的办法就是等，以我的饿来治她的"不饿"，这样她就只得乖乖地走出来。但出来仍旧尴尬。她埋头吃饭，一言不发，连菜也不夹，像恋爱时初次到我家吃饭，这样的吃饭真是味同嚼蜡。在难堪中，我们会非常可笑地注意起自己的吃相，于是，我们小心翼翼地夹菜，闷着嘴巴嚼饭，像两个涵养很好的外国人。甚至连上厕所都拘谨起来，尽量地抑制着声音，好像是到别人家里去用厕，不敢放肆，叮叮咚咚的很不好意思。睡觉就更不用说了，我们虽然还睡在一个被筒里，但身体是僵硬的，像睡在公共汽车上。我试图打破这样的僵局，我装作睡着了无意识地把手搭在她的身上，心想，只要她默许，就说明有机可乘。交流是需要一个开端的。但老婆不要这个开端，她把我的手避了开来，她移了一下身子，我的手就像踏空了一只脚，突然栽了下来。

有人说，最有情的是夫妻，最无情的也是夫妻。这话一点不假啊。

我的身体很快就躺疼了，僵硬的姿势特别容易累。

我真想和老婆好好地谈一谈。机关的人最擅长的就是谈话，许多问题都是通过谈话解决的。但我们现在没有谈话的气氛，我们的意气阻隔了交流。我知道赚钱不容易，粒粒皆辛苦啊，换了我，让别人欠了钱我也舍不得。但失钱不是我的过错，不能因为我没有直接参与，就把责任归罪到我的头上。这些就不要说了。如果她跟我交流，耐心地向我陈述利害，说人家为什么有胆欠钱，根本的就是欺负我们店里没人。说如果我以店为家，或者反过来以我为主，以我之长补她之短，就不是现在这种孤军作战的局面，人家也不敢欺负她。一个乡下人和城里人对峙，他吃了豹子胆啦！如果这样说，我也许早就接受了。但老婆不说话，这算什么呢。我知道她的想法合情合理，一个家庭是应该同心协力，但同心协力不等于不做分工。一个男人应该有自己的事业，我的事业在单位，这里很适合我，我在这里很愉快。我现在虽然是个处职，但假以时日，我就会动一动的。从这一点来说，老婆对我不理解，我又很恼火，她怎么这么不明白呢！

不说话就是压力，这种压力无声无息，却比骂街打架还要厉害。在这种压力下，我在单位还有什么心思做事呢？什么也做不了。

"活动"进入了实质性阶段，现在轮到范围更广、人数更多的中层了。为了这次整改，市里还专门印发了一个"材料撰写蓝本"，要大家统一格式，整齐划一。我们单位还派来了一位检查组组长，是统计局一位退休的老党员。主任说，糟糕，统计局专门和数字打交道，这个人一定顶真。

我的材料写得很快，洋洋洒洒也写了很多。我是想尽快结束这件事情，腾出精力来解决平县人的问题。但我为我的不专心付出了代价。

组长找我谈话说，材料应该这样这样这样，而你的材料现在是那样那样那样，不符合蓝本的要求，要推倒重来。

我耐着性子解释，这只是三扁担和扁担三的关系，意义是一样的，原则没有变。我企图说服他，但组长比我还要善辩。

这当然不一样。他说，你说的是乘法，我理解的是分子式，三扁担是三根扁担，扁担三是一又三分之一扁担，怎么会一样呢？

我哭笑不得，我不能和组长强词夺理，个人永远要服从组织，我只能乖乖地接受重写。后来想想，还是自己心太乱的缘故，家庭，老婆，生意，讨债，工作，"活动"，这么多事情搅在一起，怎么搞得好的？千脚蜈蚣也只走得了一条路。

那个市里四套班子的材料，我后来就把它投了，投到组织部门口的回收箱里。我翻也没翻，看也没看，只字没写，就是在抽屉里放了几天。这些领导的材料，实在是来得不是时候，正好碰上我许多事情缠在一起，只好委屈他们了。领导的材料如果来得正是时候，正是我洋洋得意之时，那我也许会本着治病救人的态度，认真地提一些意见。现在我只能这样了。

[8] 在单位，我一直惦记着平县人那个钱。我看似在改写材料，却不得不经常地停下来给店里打个电话。五天的通牒时间很快就要过去，那个平县人该把钱送到店里来了。我问老婆，那个平县人有没有来？老婆狐疑地说，什么平县人？没有。没有过来，就没有话好说了。我们的气氛还没有融洽，我们的通话像发电报一样简短。这样的电话打多了，老婆也觉得奇怪起来。

你老是问平县人干什么？你跟他怎么说的？

我要他今天把钱结了，送到店里来。

他答应啦？老婆问。

他答应不答应，都得这么办！我很有信心的样子。

老婆就讥讽一句，你想得倒美，也就是你会信他，他要是说话算数，还用得着你去找他？

我被老婆抢白了几句，心里很不是滋味。心想，自己一个国家干部，一个处长，一个有资格给领导提提意见的人，因为家庭的一点点小事没有做好，就被老婆这样那样地弄着，太窝囊了。这些地方，钱太能说明问题了。

头昏昏沉沉的。

暂时也没有其他办法。

中午在食堂吃。

本来都是和小鱼一起吃的，快到食堂的时候，她突然改变了主意，说想回家洗个头，回家吃算了。我看了一眼她的头发，她的头发撸着扎在脑后，又拧成一个髻。我和她相处这么久，还不知道她放下头发来是什么样子，她放下头发来一定很美。近来这类的邪念时有冒出，是不是跟家里的不和谐有关？看来，心理和意识平衡最要紧。小鱼说，我头发太多了，一洗就要大半天。我说，饭总是要吃的，还是吃了回吧。小鱼说，吃了就"饭软"，就不想回了，要回还是早点回。说着，小鸟一样向机关门口飞去。也好，每天饭后都要凑人打扑克，今天头疼，正好睡上一觉。

居然在沙发上就睡着了。都说头朝南好睡，我就把头朝向南边，还把窗帘拉上，办公室里立刻就有了卧室的效果。

我很快进入了睡眠状态，甚至还感觉到自己打鼾的声音，多少天的烦恼化作了疲倦，沉睡过去。我做了一个梦，梦见平县人拿了个大针筒在打我，有热水瓶那么大，里面装满了蓝色的药水。这么大的针筒还不把人打死啊，我扑了身拼命地逃，就把自己给逃醒了。

一些析梦的书里说，梦见接电报，是意外发财，梦见喝茶，会有好消息。这么大一个针筒，是谁也梦不到的，析梦就无从说起了，还是白日梦！这肯定不是什么好兆头。

我以最快的速度赶到平县人那里。远远地就看见门口围了许多人，见我过来，有人幸灾乐祸地说，又来一个又来一个。我看见厂门洞开着，里面已空无一物，连搭起的阁楼也被人拆了。一个房东模样的人在作"善后解释"。他说，平县人今天房租到期，我一早过来要，他就像遁地了一样没人影了。有人开玩笑说，就像野战部队一样，说不见就不见了。房东问我，你也是来讨债的？有人替我回答，他上次来过。房东又问，他欠了你多少？又一个自作聪明的家伙说，肯定不多，要多的话早就来了。

房东说，上午还有些东西堆在这里，后来来了几个人，脸色煞白，见什么搬什么。他的叙述使我联想起高原上那些盘旋的秃鹰，忽地发现了下面的腐肉，振了振翅膀就俯冲了下来。我一阵尿紧。原来有平县人在，总算还有个目标可寻，虽然暂时地拿不到钱，但一丝希望还在。现在平县人逃了，我像是突然迷失了方向，有点手足无措。见我急不是骂不是的样子，房东安慰我说，他其实不是在逃你，他逃的是那些大户，你是顺便被逃的。废话，他不是逃我，但我的钱没了？这个该死的平县人！

没有人知道我的难过，这不是失几个钱的难过，是没法向老婆交代的难过，是失去了形象和地位的难过。

我回到单位。小鱼洗了头来上班了。她的头发还有点湿，整片整片确实很多，这么多的头发披散在肩上，看上去特别地女人味。她不知用了什么洗发水，闻起来特别舒服，有飞扬草的气息。但此刻，我没有心思来赞美她的头发。小鱼问我从哪里来？我故作轻松地说，你不在，我一个人无聊，就到人事局那边去坐一坐。人事局就在我们单位对面，一个葡萄架过去，他们跟我们很熟，经常聚在一起消遣。小鱼说，这段时间最好别打扑克，免得给人家以口实。小鱼是怕我在"活动"中出什么差错，但她知道我在家里出的差错吗？我说，我是去聊聊天。

我的脑子里不断地闪现失钱的景象，不断地迁回老婆的态度，但都没有结果，一闪现就断了。我试图设计一下我和老婆的对话，她问一句，我编一句，她再问一句，我马上就卡了壳，连自己都嘲笑自己的漏洞。我拼命想办法补救，想了很多措施，到头来都重新回到钱上，钱钱钱，就是钱没有着落。

老婆刚开始做生意的时候，我觉得自己还是能施展一些才华的，随着生意的深入，我觉得自己的能力越来越拙劣了，具体到一件事情，说着说着，明显就处在了下风。都是钱哪。有钱是快乐的，但因为有了钱，生活也不安宁了。以前没有钱的日子是多么地清静啊。

后来，那天下午，钱的事一下子就解决了。

就在我一筹莫展的时候，财务处打来电话说，你过来一下。过来一下就是分钱。我们单位太清贫了，我们搞了一些创收项目，但这种项目钱来得很可怜，甩到水里也只是一点点油星。现在我们又搞了一个远程教育基地，和一个学院搞了个什么函授，在温州招生，一些急功近利的家伙就上了我们的当，我们就不客气地把提成给分了。今天分的莫非是这个钱？

在财务处，我画押，领钱，一人两千五，用口水蘸着把它数过来。我感到自己从来没有过这样的渴望，眼睛都快要掉出来了。我拼命告诫自己，不要失态，没必要这样。我稳定住情绪。噢，拿什么奉献给你，老婆，只有这笔钱。这是唯一的解决办法，花钱消灾吧，虽然不完全是那个意思，但在我心里是差不多的。男人经常做这样的傻事，为了保全自己的地位，为了家庭的安宁。所谓的支持，大概还包含了牺牲吧。至于私房钱，少点就少点吧。

心事放下了，精神面貌就变好了。

在家里，我更加殷勤了，这种殷勤，是我主动的，乐意的，发自肺腑。我在烧饭的时候，在房间里走动的时候，只要稍稍地有一点点节拍，我都会情不自禁地哼起歌来。老婆是个聪明的女人，她看我这个样子就知道我有戏，就故意旁敲侧击地问我，你早上说的平县人，他要到店里来？是怎么回事？我还不懂。

我就是等老婆提这个话题，老婆这个话题就像"药引子"，引得我"话兴大发"。有了老婆这句话，我的戏演起来才会自然，我的钱拿出来才会合乎情理。我从屋里拿出钱，整整两千块哪，我把这些钱啪地往桌上一摔，摔得很响亮。我说，你看这是什么？我这样说的时候自己都觉得很难为情，我想我怎么这么浅薄啊。

老婆惊讶地说，你拿到钱了？

我酸溜溜地说，这个钱要是不拿，他平县人还想有好日子过？

老婆有点疑惑，是他送过来的？

我越发编得顺畅起来，我要他送到店里，他大概不好意思，送到我单位来了。

老婆说，我说你得出马嘛，你看，你不是马到擒来了吗，以后讨债的事都交给你好了。

我强作笑脸，心想，打落了牙齿也要往肚子里咽哪，要撑也只能撑到底了。

我以一种凯旋者的姿态看着老婆数钱，只有我知道这钱的真正来历。对于老婆来说，这是她的钱，只不过让平县人给耽搁了，她迟早要把它拿回来的。老婆数着钱笑了。我想起一本书上的一句话，女人只会对金钱发出微笑（大意）。

这句话有点刻薄，但此时此刻发生在老婆身上是准确的。

我们的僵持不攻自破。我需要这样的效果。

在接下来一个比较亲和的气氛里，我对老婆说，我们跳楼吧。跳楼是我们的暗语，专指做爱和高潮。试想，在那种氛围里，情不自禁，欲罢不能，纵然是十层高楼，我们也会一跃而下。我们还有一种说法叫飞翔，都是一个意思，还生涩于通俗，还粗鲁于文明。老婆抿嘴一笑，笑即是默许。

在床上，我迫不及待地抱住了她，很快翻身上去。啊，好久没有这样惬意了。我一下一下做她，做得很通畅。但慢慢地，我感觉这里面少了些什么。少了什么呢？她虽然没有抵挡，但也没有配合，她没有响应，也缺少主动性和积极性，有一种任我宰割的意思。噢，我明白了，是钱碍着了她的面子，她是勉强的，她在应付，或在应酬。

我喘着气压着声音说，你不喜欢？

她有点愧意，她说，我累了，你自己来吧。

我怎么自己来？我有点不快。

她带着央求地说，要不，我不带感情？

他妈的，吃饼干也得要口水协助，他妈的，小姐也知道假叫床！当然，这些话我没有说出来，说出来就龌龊了。我极力忍住自己。

有一刻，我想打开灯，我很想看看她此刻的表情。她说不要开灯，她说随便做做算了。她彻底摊牌了，我就一点意思也没有了。我伏在她身上一动不动，我的兴趣大减，我觉得自己一点一点地萎缩了。这样伏了一会儿，我就下来了。我说，既然累就休息吧。我下得很平静，尽量装作爱护的样子，尽量装作不在乎的样子。但我心里是不满的。

[9] 我不知道，平县人这"钱"算不算光彩，就算精神上不光彩，仔细一想，事实上还是光彩的。精神上的事，只有我自己知道，我不说，老婆一辈子都蒙在鼓里。在老婆眼里，我是叫平县人闻风丧胆的人，有几个人能叫别人乖乖地送钱过来呢？就是我。因此，不管这件事真相如何，表面上它还是给我增加了自信的。有了这种自信，我又忍不住在老婆面前指手画脚。我知道，她做生意看似热闹，其实是很毛糙的。在我看来，一点也不规范，做一天和尚撞一天钟，没有长远的打算，更谈不上服务意识。我就给她讲服务意识。服务是金钱，服务是生命。我真的就是"不耻辅导"。如果我在乎我的自尊，我不是惦念着她，我才不这样好说歹说呢，我完全可以任由她，好与坏，亏与赚，都是她自己的事。但家庭的事就是这样地千丝万缕，它连接着家庭所有的情绪，有一点点不乐意，家庭就会不得安宁。所以，在家里，我只得屈从她，顺情她，还要假装乐意和尽心。

我教给她很多方法，虽然都是细枝末节，但做好了就是大事，许多事，都是于细微处见精神的。比如电话，我要她每天打烊前给厂家都打一打，问问他们缺什么东西，提醒他们储备一点，免得夜里头断档。

我苦口婆心地对她说，打电话其实不在于做生意。

我说，那是打印象。打了，即使没做生意，人家也说你热情，说你周到，说你为他着想了，人家和你就多了一份感情。

我说，你打一个电话多少钱？三毛，多说几句话，顶多一块。你想想，现在一块钱能做什么？拉屎买厕所，门都不开。但你打了电话人家就记住了你，就对你印象好了，这样便宜的事情哪里有啊？何乐而不为呢？

现在，老婆打烊前都会打一打周围的电话，她尝到了这个甜头。许多人说我们生意做得好，里面其实就包含了这些。老婆表面上不说什么，心里头还是认可我的，因为我的想法是智慧的。但我知道，这还得归功于平县人那个钱，是那个钱的奉献，成全了我的地位，尤其是作为男人的地位。

那些日子，总的来说还是得意的，虽然不绝对叫老婆言听计从，虽然在某些方面还有疙瘩，但不管怎么样，我还是占着主导地位的，在精神上占着指导地位，在家庭里占着统治地位，只是在经济地位上稍稍地逊色一点。女人比较注重经济地位的突出，这一点男人无所谓，男人就谦让一点吧。

我还是比较在意单位的事情。

"活动"又延伸到下面去了，部门要举行一次有规模有针对性的座谈会。除机关全体外，全系统的中层以上都要参加。我们租了市府小礼堂。我们为什么要租市府小礼堂？就是要做给上面看。小礼堂正好位于市委市政府的前面，领导的车子一过，就会看见小礼堂在开会，领导就会问身边的秘书，今天这里开什么会啊？秘书就会说，是某某系统在"教育活动"。领导就会对我们单位留下好感。这就叫小题大做。小题大做是我们的本事。

这天的座谈会总共有五十来人参加。来的都是客，我们就成了主人，要出面接待。小鱼年纪最轻，主任就叫她委屈一下，给大家泡茶，当一回服务员。

会议在严肃认真的气氛中进行。我装作洗耳恭听的样子，有时候还装模作样地记记笔记。我承认自己的心思不在这里，在家里，在店里，在老婆身上。

后来，心思又移到小鱼身上。她在我身边走来走去，谁茶杯喝得浅了，她就去加一加。她挺着一对小乳房，看上去很神气，她今天和往常不一样，是不是知道场合的重要特地换了一个乳罩，换了有胶垫的那种，把乳房往中间挤了挤，抬一抬，使之更好看。不是我下作，男人都这样，男人只是在女人面前才装得傻乎乎的，其实男人都很精，而这种地方，又是可以透过现象看本质的。

她走得很有风度，即使走着去加水，也像走台步一样。毕竟年轻啊。她的背笔直笔直，她的腰束得很精致，腹部收得也很平整，整个人紧绷绷的朝气蓬勃。年轻就是好，年纪大了，像老婆，想收拾也收拾不了了。

由上而下，我这时候看到了她的裤子，她今天穿了条白色的裤子，裤子很贴身，把她的屁股勒得圆圆的，翘翘的，一看就知道很有弹性，很有力度。但是，她今天的屁股有一处微瑕，当然，一点微瑕并不影响她的形象。可一点微瑕我很在意。她的屁股底下夹了一条绵巾，由于她不停地走动，她的绵巾有点歪，我知道小鱼也来"老朋友"了。小鱼的老朋友我不是第一次碰到，平时碰到了也就碰到了，我今天怎么啦？这么在意？是不是心思多了，明显地有了意识倾向。我觉得她今天有一个小失策，她不该穿白裤子，她穿黑裤子就没事了。

我的思绪是被散会的响声打断的。大家扑棱棱地站起来，往外走，一个个像洗了礼一样庄严肃穆。想起自己刚才的意识，真是天马行空。这样严肃的会，我居然开了这样的小差，太离谱了，太肮脏了，想起来都后怕。如果主任会议上也叫我谈几句，我怎么办？很可能就顾左右而言他，甚至会闹出大笑话。

不行，这样会出事的。都是老婆惹的祸，老婆倒是好久没有开锅解馋了，是老婆对做爱的吝啬，才导致了我对小鱼的亵渎，这不是我的错。

晚上，单位设了饭局，慰劳"活动"辛苦的人们。我没有一点心思，我坐立不安，我想早一点赶回家，和老婆谈谈。我要晓之以理，动之以情，即使我们因为什么原因不能做，也要把道理讲讲清楚。这是夫妻的一个重要组成部分，一日夫妻百日恩，没有做爱就没有恩。两人都设身处地地想一想，事情才能够圆满地解决。她忙，她累，我们可以不做，但我们要交流啊，要调节啊，只要有这样的态度，还有什么不能弥补的？晚上不行，早上行不行？复杂的不行，简单的行不行？我们不一定局限在时间上，拘泥在形式上，要丰富多彩，要化腐朽为神奇。总之，我们不能为这件事备受煎熬，更不能因为这件事影响情绪，继而影响工作。

我回到家，老婆已躺在床上，这么早就躺下了，她真是太累了，但今晚我们必须谈。因为我有情绪，我有谈话的冲动。我坐在她的身边，开始酝酿着情绪。但是，我听到了老婆流泪的声音。

又怎么啦？我心里燥热起来。

她的身体侧向里边，我试图把她扳过来，却被她固执地坚持住了。她的眼泪流得很猛，这从她抽搐的鼻音里都可以听出来，从它的程度上，我感觉出她有埋怨的成分，她在埋怨我没有帮助她吗？

我说，是不是又被人骗了？我拍拍她的肩，尽量装出无所谓的样子。

她哭着脸说，是黑社会军师。

哪有什么黑社会军师做鞋的。

她说，人家都这么说的。

人家人家，你就不会自己想一想！我高声起来。

她辩解说，就是嘛，不信你自己去看看。

我在心里说，这种事我又不是不敢去，我刚刚去找过平县人，当然，那是一次失败的寻找，但失败也要当作胜利来对待，更要将它理解为胜利，我不能在老婆面前塌了神气。男人在女人面前塌神气，一辈子都得忍气吞声。

我强忍着自己的情绪，我现在不想和她吵。吵没有意思，吵对家庭不利，对自己更不利。我要稳住老婆，表面上替她解决一些问题，反过来要她正常地对待我，这样才能够良性循环，才能重新提一提前面的话题。

通过这些事，我对老婆算是有了一个彻底的了解。如果说我为她上次的欠款而生气，那是我太理想化了，我以为开店就应该滴水不漏。现在我总算知道了，和老婆做事，更多的是无奈和没有办法，与其在那里生气，还不如假装辅佐。老婆再没有头脑，也是自己的老婆，这是我生活的一部分。这样的事以后一定还会有，还会源源不断地来打搅我，我只能静下心来承受，吃点哑巴亏，慢慢地把它消化掉。

但是，不管怎么说，老婆还是要批评的，不批评，她没有知觉，不批评，她不会吸取教训。我一再叮嘱她要注意游戏规则，温州的游戏规则并不好，就更应该小心谨慎。稳当的钱赚点，不稳的钱就别赚；有能力就赚点，没有能力、自己摆不平的就别赚。她总是马大哈一样，没有个三思。我知道她是怎么套进去的：买货赊账，越赊越多，越多越断不了，越断不了越给赊，赊后面的为了讨前面的，讨了前面的，后面的又被赊了起来，最后被别人牵着鼻子走。她就不知道路湿早脱鞋，就不知道丢卒保车的道理。

我还告诉她怎样正确地区分生意对象。讨价还价的人虽然讨厌，却是精明的表现，精明的人，生意往往也做得好一些，钱也比较踏实一点；看似爽快的人，一般都是空壳大豪佬，这种人，十个瓮子四个盖，盖来盖去盖不全，到最后赖账的就是他。

老婆说，你说得头头是道，不出力有什么用！

是啊是啊。我只能这样应着。

我现在不想和她争，争也争不清楚，她现在的情绪是"老猪娘死了怨糠"，出了错就怨我不支持。我暗暗下定决心，把黑社会军师的这笔钱弄回来，做点真事给她看看。

［10］老婆天天逼着我，我真是受不了。她开口是钱，闭口也是钱，好像讨债很方便似的，好像是我故意拖沓着。我其实也没有经验啊，我唯一的经验都在机关里。

我觉得这事得策划一下，不能胡来，一则我们没有能力胡来，二则胡来了容易酿成苦果。我把自己的意见告诉老婆，她觉得我这是在故弄玄虚。她说她不管，她只要把钱弄回来即可。在钱面前，我觉得她是那么地无情，一点也不通情达理。每当这个时候，我就会想到"离婚"这个词。家庭太牵累了，家庭把人弄得筋疲力尽，如果是一个人那该多好啊，一个人一定是非常地清闲。但这怎么可能呢？这就是家庭的内容，我既然选择了家庭，就等于接纳了所有的喜怒哀乐。我一方面为自己的境遇难过，一方面又不断地说服自己。我想，熬吧，熬过这一阵，也许就会好起来的，面包会有的，境遇也会改变的，地位也会慢慢改变的。

老婆说，一般人欠债有三个"怕"。

我洗耳恭听，哪三怕？

老婆说，一是怕粘，有事没事粘他，影响他工作，消耗他元气；二是怕闹，闹起来影响多坏呀，闹起来就有人围观，面子上过不去；三是怕老人孕妇，蹲点一样赖在他厂里，颤颤悠悠，大腹便便，发火不行，推搡不得。但这个人什么都不怕。前面那两项他根本不理你，后面那一项他反过来招待你，弄得你自己都不好意思起来。

这倒是有点军师素质，我想。但我知道，江湖上的事，看似血雨腥风，还是有章可循的，一物降一物嘛。我听饭局上说，现在所谓的传奇色彩都是加油添醋的，没有多少是真的，哪有什么黑社会呀，都是生活太平庸了想象出来的刺激。

我就去军师家附近调查，有几个情况很能说明问题：一是他家里刚刚大兴土木，装潢搞得非常讲究，这证明他不是完全没有钱，有钱不还，说明是个无赖，不像江湖名士所为；二是据附近点心店说，此人用早点向来赊账，现在已积欠一千多元，小钱也想赖，至少不是个大人物。大凡黑道上的好汉，是很爱惜自己的名声的，要么藏而不露，要么斯文过人。按照军师的做法，充其量只是个乌合之众的军师。乌合之众，我堂堂机关干部还怕他不成？我决定去会会这个黑社会军师。

老婆说，你最好先去他厂里一趟，免得他说你不礼貌。我说，不，我直接去他家里。我是这样想的，去他家有两个好处：第一，我知道他家地址，忍无可忍之下，我吵得他鸡犬不宁；第二，也给他一个信息，有胆量单独上他家的，肯定也不是一个等闲之辈，不是等闲之辈就叫他思量掂量。和这些人打交道就得斗智斗勇。

这天是元旦，晚上我来到军师家楼下。他家的地址我是通过朋友从电信局反查过来的，就是用号码查地址。我先是打他家电话，没人接。我又换打军师手机，他接了。我不卑不亢说是老婆的老公，新年了，想去他家看看，拜个早年。我这样说让他摸不着头脑，他顿了顿，说，你现在在什么地方？我顶了一句，就在你家楼下。他狐疑地说，你怎么知道我家的？我说，有心还怕找不到地方吗？他支吾了一阵，说，那怎么办呢，我现在在外面有事，一下子回不了。我露出无所谓的口气说，那行，我改日再来。

虽然白跑了一趟，我觉得还是有收获的。这叫精神攻势，有时候比真刀真枪更具威慑力。他暂时不来也好，不来正好让他想想：我到底带了几个人过去？有没有暗带家伙？准备要他一只脚还是一只手？老婆老公到底是何许人也？他不清楚，不清楚比清楚更难琢磨，更难煎熬。想想我去他家干什么吧，讨债，而且是出其不意。出其不意意味着什么呢？意味着不想让他有所准备，这更叫他心里发凉。就算他是个真军师，根本不屑这些，那他也欠我一个面子，而且无形中还约定了下一次的时间。

　　过了一天，我又去了军师家，我还打手机给他，怎么又不在家？我的口气里略有了一点不耐烦。军师也在试探，你不会又在我家楼下吧？我一点也不客气，我就在你家楼下。我就要给他一个感觉，我不是走着玩的，我很有心，也很执着，我是宜将剩勇追穷寇。我还说，你这人真有趣，去你家玩玩你怕什么呀，没关系，你什么时候有空我再来就是。这一手叫他很难过，明明是去讨债，却说自己是去玩玩，笑脸后面还藏着屠刀，叫他不知道吃哪一头好。军师无奈地说，你要是真来玩就事先通知我嘛。我马上接住，好啊，那就明天晚上。我把他逼进了死胡同。

　　去军师家我还拎去了一瓶茅台酒。这次他欠了老婆四万块钱，我得花点代价。这瓶酒我没跟老婆说，跟她说她也不明白，反而会说我贱。我就自己掏钱买了。舍不得孩子套不住狼，舍不得茅台讨不回款。送礼也是压力，我要让他欠我更多；先礼后兵，即使失礼了我也占着上风。

　　军师大约五十出头光景，比我大个十几来岁，这让我心里定了许多。听饭局上说，江湖是年轻人的江湖，年龄越大，离江湖越远；年龄越大，家庭的牵累越多；年龄越大，争斗的欲望越弱。像军师这样的年龄，在江湖上已经没气候了。因此，我们虽然还没有较量，但在心理上我已经不怕他了。我今天还特地穿了一身牛仔服，这是一个烟幕弹，牛仔服给人的印象就是散漫，散漫就是无序，无序就可以乱来。

这对我讨债很有帮助。

我坐在军师家侃侃而谈，我装得很客气，我说跑到军师家很冒昧，不好意思，但这件事不直接对话解决不了。

我说，我老婆做点小生意不容易，这个钱我无论如何要讨回来的。我相信像我这样讨债的并不多，这样铁了心的就更独特了。

我渐渐有了发挥的欲望，机关的能耐也体现了出来。我说，我不是一个不讲道理的人。人在社会上都有不如意的地方，你办厂困难，我做人也难。强人所难，非叫你今天搞齐了给我，也不够意思。但你得替我想一想，我们是做什么的，我们不是民政局，不是慈善机构，我们也在挣饭吃。所以，你得给我安排起来，得有个时间计划，你得把这件事放在心上，只要你在意了，行动了，三月半年还不清，我不会说你拖；你要是真没有，暂时拿个一万两万意思意思，我也不会嫌你少。我摇头晃脑地说着，满嘴江湖腔调，我不知道自己哪来的这股腔调，说来也就来了。

军师一直盯着我看，他在观察我。他的态度出奇地好，一个劲地表示歉意；他又是递烟，又是泡茶；他毕竟是军师，他是镇定的。他叹苦说，不瞒你说，生意太难做了，内销没有市场，去年打的样子都落了空，外销的车皮至今还压在俄罗斯，动不了，白忙还伤了精神。他说得很诚恳。

但我知道我不能松口，一松，就像断了线的风筝，遥遥无影。我就紧紧地咬住他。我说，你市场也好，压箱也好，那是你的事，我只知道你欠我钱，你要是不欠，我来干吗。我知道你有难处，所以我给你时间。说老实话，我是不相信你没有钱的。没有钱，你根本运作不了，你现在还在运作，说明你还有钱，大钱可能没有，小钱肯定还有。但你一定说自己没有，我非要说你有，也没有意思。所以，我给你一个台阶，让你好好地走下去。我希望你也给我一个台阶，你不要让我站着，你要是让我站着下不来，我会不舒服的。我觉得自己这些话很有分量，如果军师是个明白人，是个能听话听音的人，他会感受到我的态度的。有谁在他面前这样说过话呢？没有，可能就是我，因此我不是一个一般的人。

为了搅和这种气氛，军师起身去了一趟厕所。剑拔弩张是容易出事情的，而实际过程中，谁愿意真正出事情呢？再强大的人，也是不想麻烦的。从这一点看，军师还是有点江湖气的，更像是一位打太极的高手。我斜眼看他背后，他走路的样子有点别样，像个骑兵，两脚有点撇，身体有些坐，要说这样子是打过南拳的，也未尝不可。由此，人们猜测他是军师，也是不无道理的。那么，军师到底是哪方的黑社会呢？道行有多深？占着哪方地盘？有多大的能耐？我心里一点也没有数，蒙下去再说吧。

请你相信我，我得分几步安排，你得让我缓过气，就算我借你的，你就再宽我些日子。从厕所里出来的军师，态度突然地明朗起来。这个短暂的小便机会，他显然在琢磨我的深浅，在掂量我的分量，看来，我还是经得起掂量的。他不是开始妥协了吗？有妥协，说明措施对头了，说明震慑起了作用，那么，我不适可而止，不接受他的乞求，就有点太不江湖了。

接下来的谈话有点嘻嘻哈哈，我们都抛开了讨债的话题，好像进入了一个朋友时间，我不知不觉地放纵了自己，说话的内容也带了点杜撰和炫耀的成分。

我说起温州那些打打杀杀的年代，说起天雷巷会点穴的春桃，说起扎马步扎裂了石板的金生，说起华盖山摆拳坛的阿腊，还说起一夜之间全市的石狮子被扳倒的事情……

军师说，这件事好像听说过。

听说过就好，听说过我的目的就达到了。这也是我的阴谋诡计，要让他感受到我复杂的社会背景。

果然，军师中了圈套，他有点狐疑地问，你现在在做什么？

他的疑问也早已纳入了我设计的轨道，我说，在市府。对军师这样的人我就不隐瞒了。

他看看我的样子，他说，你怎么会在市府呢？

我笑了笑说，你也不是天生做鞋的嘛，我们都在混，哪里好混哪里混，我为什么不能混在市府呢？我对自己的回答非常满意，这种腔调正是机关干部典型的特征。别看在机关里无所事事，一张报纸一杯茶，但都有翻手为云覆手为雨的能耐的。

再看军师，他正在若有所思。思就思吧。你是流氓大亨，我是官僚流氓，我们谁怕谁呀？

从军师家出来，我不禁哑然失笑，自己怎么像个恶作剧的无赖啊，跑到别人家里连唬带吓。还好，开局不错，这件事我一定要做得漂亮，在老婆看来，这是继平县人之后的又一个伟大的胜利；对我来说，它是一剂树立信心挽回面子的强心针。

[11] 春节很快过去，淡季又提前而至。淡季是无情的，有人要关门，有人要塌价，有人在琢磨下一个样子，有人已经逃债去了，有人在寻找别的出路。我的心又一次揪了起来。那次对军师的恐吓，至今还没有反应。忙月都无声无息，闲月就更没有动静了。老婆不止一次地催问过这笔款，那确实也是个不小的数目。她说，军师根本就不吃你这一套。我不知怎么回答好，我何尝不想打一个漂亮的翻身战啊。事实上，我后来也是去过军师的那个工厂的，他见了我就像见到了亲人一样，当即摆下酒菜招待。他说对不起，要我再等等。我还能怎么样，该扮的脸扮了，该唱的戏也唱了，难道要逼着他自残不成？

突然有一天，报上登出一则消息，说军师的那个鞋厂资不抵债，法院已接受了他的破产请求，不日将进行财产分割宣判。看到这消息，我感到天都黑了，就像末日来临。这样的打击对我太残酷了，不光是物质上的，还有精神上的，我原来以为自己已把军师捏牢一把鬃一样，了解他就像了解自己的脚指头一样。其实，我对他的判断，思路上就存在问题，我对这类人心里根本就没有底。我看见的是他规模不小的厂房，是全自动的制鞋设备，是连接得很好的流水线，是流水线上跑来跑去的皮鞋。我觉得他应该是一个企业家，他一时没有钱，是他投入得太多的缘故，他只要转起来，只要缓过劲，他欠别人干什么，应该是别人欠他才对。谁又会想到，他眼前的资产只是一个诱饵，他要钓的，是更多更大愿者上钩的鱼，然后再来那么个大模大样的合法破产！

　　我拼命跑到市场，看看还有没有什么补救措施。我看见市场上到处都有一堆堆的人在议论军师。有人说，他早就列入了我们的黑名单，他在我们这里根本拿不到东西。但也有人在哭哭啼啼。一个卖毛的，被他骗了三车毛，一车留在厂里做鞋，两车直接运到外地转手卖了。一个卖高头车的，还算老到，要他先押金，押金就押金，要看看他的厂，看厂就看厂，都放心了，就说好月底把货款结清，结果，两百台高头车啊，就是在厂里卸一下，在地上放一放，换了车一装，马上拉出去卖了。他是"一两拨千斤"，是"无手套白狼"。我自责啊，这些，本来应该都是我考虑的，预见的，我不是机关干部吗？不是嗅觉灵敏信息灵通吗？而老婆，整天陷在店里，对外面失去了了解，是我首先失职，才有了她之后的失误。

　　我还沾沾自喜地欣赏自己的能耐，我是蹩脚的假流氓，他才是彻头彻尾的黑社会军师。他了解社会的一切漏洞，他用自己的理解来诠释《破产法》。他胸有成竹，玩惊涛骇浪于股掌之间。必要时装出一副可怜相，脱不了身就委曲求全。变色龙之所以变色，就是为了保全自己。听说在最后的关头，有人知道了他的劣迹，准备告他时，他还鼓励人家说，你告嘛。

法院的宣判如期在《温州日报》上登了出来，军师也从此在温州消失了。有人说他在香港，有人说在意大利的皮具市场上见过他，国外还有几千万的存款，但这都是小道消息。那些对法律抱有幻想的债权人，在见到公告后无一例外地捶胸顿足，他们想不到，起诉这种形式有时候真的叫作徒有虚名。法院对军师的破产清算如下：1. 拨付破产费用；2. 支付所欠职工工资；3. 偿还银行贷款；4. 缴纳所欠税款；5. 债权人凭相关材料到法院领取千分之三的债务欠款……

几天后，我接到军师打来的一个电话，电话号码没有在我的手机里显示，不知是国外打来的，还是用什么卡打来的。军师说，我在社会上混了这么久，你是我碰见的脑筋最好的一个，也是最识相的一个，就是你没有到法院告我，你放心，我是个有品的人，你的钱等我回来后弄起来还你。

我羞愧难当。他到这时候还不忘要挖苦我一下。

[12] 我的家庭地位直线下降。

老婆后来对我说，你现在知道了吧，生意就是这样做的。

她又说，这个钱，我后来就没想它能够要回来，钱就是这样，这里去，那里来。

她接着说，我叫你跑这个钱，是想让你也关心关心店里的事。

她说话还是三个层次，但心气已经是越来越高了。

现在，我已经乖乖地在老婆店里帮忙。通过军师这件事，我的处境可想而知。我再也不敢在老婆面前提什么单位，单位对我来说已无关紧要，老婆的店才是我的当务之急。那些"活动"，位置动一动，搞点创收发点钱，以及所谓的工作表现，就让它去吧。老婆说，这些东西听起来是那么地遥远。

她给我买了一辆本田王摩托车，是那种大的，黑的，左右排气管的，连车带牌照七万块。她自己则换了一辆长安奥拓，她说，现在风吹雨打都不怕了。她一年的收入有多少，我不得而知，起码有我在机关十年的工资吧。小鱼说得对，女人忙了就没有心思了，就比较单纯了。是的，老婆现在没有别的心思了，她的心思都放在钱上，她对钱确实很单纯。

在老婆店里，我替她开开票，搬搬东西。她如果跑厂家联络感情了，我就老老实实地接她的缺，当营业员，接接电话，催催货，做做记录。如果有厂家要东西，我就立刻装车，马上送去，一点也不敢耽搁。我穿上牛仔服，我的打扮很贴近角色，我骑着本田王摩托车，我的装备也不错。厂家叫我把东西搬到三楼，我就噔噔噔地把东西搬到三楼；保管要我找老板签字，我就满头大汗地到处找老板签字。我觉得自己融入得很快。那些厂家在背后说我，老婆这个送货的还真不赖，又灵光又卖力。他们哪里知道，我曾经在市府大院里进进出出的，是一位很有前途的机关干部，开玩笑。

特别闲的时候，老婆也会善解人意地说，你要真想去单位看看你就去吧。我这才把摩托车骑出来，骑到市府，很威风地把它停在单位的楼下，但上去只一坐，凳子还没有坐暖，心就揪起来，就想回来了。我惦挂着店里的生意，惦记着老婆。同事们都说我，你现在真的被老婆盯牢了。我笑笑，盯牢就盯牢吧，有什么不好的。

做爱，我现在是正常多了，只要想，就会有。但因为地位变了，味道就大不如从前啰。

2020年春新冠肺炎疫情期间修订

附 录：小生意经问答

1. 如何做市场调查

人人都想做生意，因为简单地判断，它是来钱相对比较快、相对较容易的一种方式。但很多人又往往苦于摸不着门路和对行情不熟悉，因此，做一下市场调查是很有必要的。比方说，你准备选择一种生意，首先要了解这个行当在地方上的趋势，它的市场份额有多大，目前从业人员有多少，供和销的比例怎么样，利润的空间有多大，运作起来方便不方便，可持续性的前景如何，等等。当然，也要考虑自己的经济实力，俗话说，有多少钱，做多大的事。

2. 什么样的行业最适合自己

就小生意而言，不存在什么合适不合适。如果你有过得去的资金，又兴趣极高，那试一试也无妨。说白了，生意也是个技术活，只有练了，才知道难易，只有练了，才能熟能生巧。练自己的胆量，练适应环境的能力，这都是生意之前的基础准备。从稳当的角度出发，最好先试试自己能摸得着的生意，比如和自己原有的工作有点相关的，自己家族里也有人在做的，或让自己的亲朋好友先带一下，试试水深，试试自己的水性，偶尔呛一口也没有关系，但千万不要勉强。

3. 如何选择一个有前景的生意

当然选择在地方上成熟的、有优势的行业。一般来说，这个行业能在一个地方长期地生长，总有它的道理的，总有特别适合它的资源和环境。就拿温州来说，家庭作坊和手工业是它的长处，自然就形成了一些简单的、容易上手的、劳动成本低和附加值低的行业。当然也不是绝对。温州就曾出现过"打火机"的热潮，最多的时候据说有一万多家规模不等的生产单位，一度也作为温州的旅游礼品，来温州的人，都想带几个回去送送朋友。后来因为各种原因：相互杀价、技术壁垒、反倾销、优胜劣汰、禁止携带等等，一些厂家慢慢就萧条了，直到退出了历史舞台。

4. 如何选择做生意的位置

温州有一句话：人站人队，银扎银堆。就是说，同类相聚在一起，气氛才会旺。生意遵循的就是这个道理，开店首先要看位置，位置好，虽然租金贵一点，但它带来的商机却会多很多。反之，地段冷清，没有特色，物不聚类，再便宜的店面它也形不成气候，那就等着"空忙赚吆喝"了。比如做鞋料生意，最好选址在鞋厂附近，即使你进不了市场，也要选择在市场边上，就算你都没有关系和客源，只要你的内容有特色，在边上捡漏也能捡一个半饱。

5. 赔本的生意能坚持多久

生意赔本是很正常的，赔本也是生意的魅力之一，赔本了，你才会思考，才会找原因。赔本不可怕，但一定要找到原因，是因为你的能力有缺陷、你该铺的铺垫没做好、你的关系网不够大、你的服务跟不上、你没有找到最佳的产品、你没有最适销对路的客户，还是你压根儿就选错了生意？你对市场不了解，你对产品不熟悉，你进不到这个行里去，你没有一点前瞻性，或者你根本就摸不着，那你干脆就"路湿早脱鞋"吧。

6. 什么样的情况可以继续做下去

守生意是有很大的讲究的，生意不好的时候要守，生意难做的时候也要守，守不仅检验你的资金实力，也检验你的承受能力，更检验你对市场的分析和判断，其实也是在决定你的下一步打算。混个吃的是生意，略有节余的也是生意，细水长流和一夜暴发的都是生意。一个简单的比较可以让自己稍稍地定心，比如你投资五十万，你的收入比正常的利息稍稍地好一点，你又没有什么新的路子可走，又不想再折腾什么其他，那么你不妨再坚持一下，也许曙光就在前头。

7. 网络销售和会员制能行吗

就鞋材这一块来说，至少目前不适合做网络销售，这跟行业的特性有关。它虽然是一个低端的行业，但对材料、规格、质量的要求又很高，很多鞋厂老板都是自己上市场找自己认定的材料的，因此，网络这种简单的销售方式一点也不适合这个行业，况且，很多特性也制约了它的开展，比如赊账、后续服务、事后索赔等，弄不好，将会产生大量的矛盾。温州的生意基本上还是人情生意、关系生意，大家在一个相对固定的生意圈子里，相互信任，相得益彰，这实际上有点会员制的意思，只不过没有概念和形式罢了。倒是连锁店可以一试，比如可以是一个招牌，但卖的是不一样的又相互关联的东西，这样有相互推介的作用，千万别搬起石头砸了自己的脚，因为这个行业的市场份额是极其有限的。

8. 如何与职能管理部门打交道

各地的情况不同，比如上海就很规范，你老实本分地做生意，不要老想着"偷减逃免"，该缴的缴，你就该做的做，保证对你的服务没问题，所以，很多温州的商家都愿意到上海去。温州是个典型的熟人社会、关系社会，你只有找到了熟人，拉好了关系，你的生意才能做得活泛。但温州也有治理和杜绝这些的办法，比如职能岗位定期轮岗，窗口单位合署办公，等等，就是为了避免不良风气的滋生。我的意思是，不管你是长期的还是临时的，建立关系也是人之常情。俗话说，仇人半个多，朋友千个少。又说，朋友多了路好走。拉关系重在情义，要搞得好看舒服，要像浇花一样经常惦记着，经常地浇一浇。不浇不行，花会枯死，浇多了也不行，容易烂根。

9. 不要轻易错过政府的政策

温州人喜欢生意是与生俱来的，他们的血液里流的就是生意的血，他们不甘安分，善于折腾，喜欢变数，知难而上。当没有政策的时候，他们去探索去尝试，哪怕冒着杀头坐牢的危险，也在所不惜。因为做生意被追捕、因为跑码头被枪毙的事不是小说，而是确有其事。当一边还在割"资本主义尾巴"、讨论着"姓资还是姓社"的时候，一边也悄悄地放开了"个体工商户"试点，温州人没有犹豫，没有疑惑，踊跃报名，注册登记，可见温州人是不怕变数，也不怕打压的，只要有一分钱，也想着做生意试一试。他们的想法很简单，任何政策、任何风吹草动，也许都潜藏着某种契机，都不能放过，都要不失时机地尝试和利用。

10. 什么样的员工是你满意的

员工其实无所谓满意不满意，主要是合适不合适，合拍不合拍。无论在机关、公司、工厂、商店，只要你有一种平等的理念，相辅相成的理念，事情就比较好办了。我说的合适是，这事适合不适合他，不适合，他迟早会干不下去，会走人。合拍是，我想招人，他想谋事，我们共同经营着一个平台，我离不开他，他也离不开我，而不是简单的主与雇的关系。我一般都会告诉他这个道理，再给他一个试用期，这期间我可以告诉他没有钱，或看他的表现再给个价，或干脆给他一个基础价位，很简单，他如果心里接受了我，他又在乎这份工作，他也正好想表现自己，那他就会好好干的。这其实也是一个双向选择的过程。

11. 怎样训练员工待人接客的技巧

　　碰到最多的情况是，员工想表现积极，客户一进门，她就抢先招呼，弄得自己一点也不淡定，慌兮兮的，好像从来没见过客户一样。大部分客户都愿意凭自己的直觉来判断你的货物，且要什么东西他心里早已有个谱，他只是在比较、权衡，所以你过分热情了，反而有了推销和斩客之嫌。我一般会提醒员工注意察言观色，不卑不亢，让客户先看看，他有中意之后，你再帮他参谋参谋，这样客户就有了一个消化、对比、盘算、下决心的过程，这时候他要是接你的话，或询问个一二三，一般生意就十拿九稳了。

12. 怎样让你的员工长期地做下去

　　首先他得是一个好的员工，其次他愿意借助你这个平台做一番"事业"。员工有好多种，有的是来歇歇脚的（他刚到一地，还摸不着门路），有的是来学技术的（他心里已有个志向，但也想谋求更高的发展），有的就是来混的（他生性吊儿郎当，做什么都一样），和什么厂无关，和什么工种也无关，有的就是死心塌地要赚钱过日子的，做什么都可以。对于后一种员工，你就是要把他的收益都办好，不能含含糊糊，更不能"偷工减料"，因为你的服务，也意味着他的回报。而且，你还要兼顾他的生活、他的家人，你解决了他的后顾之忧，他才能真正地死心塌地。

13. 怎样调动员工的积极性

最直接的办法就是加工资，空头支票没有用，他们要看到实在的。有一点我是很清楚的，员工和我，不管我们合作得怎么样，我们最终都不可能成为"亲人"。亲人可以交底，你可以托付，他也可以白做，可以不计得失。但员工不行，员工就没有这回事了，涉及利益和收入的时候，唯有钱才能解决问题。所以，在要求员工做什么的问题上，我没有幻想，也不抱任何奢望，加工资、逢年过节有犒劳、年底回家有红包、来年在原有的基础上再递增个百分之几，最好再考虑一下给点股份，那做起事来就顺风顺水了。

14. 员工犯了错怎么办

每个单位都有自己的规章制度，我们店虽小，但也是五脏俱全，有关纪律的、有关责任的、有关故意犯错的、有关意外失误的，都有条款。但我心里知道，这些规章制度的主要功能是告知和做做样子，而不是真正的制约和惩罚。我们知道，员工无论犯什么错，有意或无意的，其实都是不能处罚的。从大的方面讲，他们从一个农民，或者乡下人，进城，学着做他们完全陌生的事情，已经很不容易了，是值得表扬和鼓励的。从小的方面讲，他们的工资是很有限的，扣一点就少一点，扣了都是心疼的，扣了都有可能留下后遗症，甚至闹出人命。所以，制度是必要的，犯错是可以原谅的，酌情处理也要慎之又慎的，处罚是万万使不得的。

15. 进货要注意些什么事项

进货是开店的重要环节，因为它关系到生意的很多后续事情，这些事已经由供应商那里转化到我们经销商身上了，所以一定要重视。一般意义上讲，进货就要找好的产品，适销对路的产品，有质量保证的产品；心里没数的产品，最好尽可能地去避免，这会省去很多麻烦。在这个基础上，最好找供货的第一个厂家，而不是二道贩子。要了解进货渠道的全方位信息，别出了问题时人也找不到。要与对方强调后续服务的条款，别替人家代销还把自己的责任套了进去。要落实相对有利于自己的付款方式，给自己留有余地，万一出了什么差错，主动权还在自己手里，被上家催命一样地催款和被下家无限期地欠款都是很难受的……总之，进货这个环节做好了，生意过程里的磕磕碰碰就会少了许多。

16. 如何与供货商保持良好的关系

　　说白了，供货商也是我们生意共同体里的一员，他虽然不是亲人，但也不是外人，最好不要成为朋友。所以，和供应商的关系通常都非常微妙。他保证供给你东西，保证给你东西的质量，且还要给你足够的资金周转时间，从这个层面上讲，他是你的坚强后盾，是最可信赖的人。一旦你生意上出了问题，而这个问题又是他提供的产品引起的，那你就得无条件地和他交涉，该退的退，该赔的赔，该折价扣款的还是要无情地去做，这个时候，供应商就成了一个"陌生"的人。所以，关系太好了，烦恼肯定多。我的一个朋友说过这样一句话，生意是不能做得太熟的，生意做成了朋友，那你离关门也就不远了。这句话有一定的哲理。也就是说，要把握好分寸，同时做好红脸和白脸的角色，是一门学问。

17. 什么样的客户才是靠谱的客户

　　这个无从选择。只要你还在做生意，什么样的客户你都会碰到，都得去接待。人是三等六样的，客户也是三等六样的。条件是参差不齐的，客户也变得参差不齐了。有喜欢吹牛的，说自己的厂多少大、怎么好；有豪爽的马大哈，只要东西有，多少钱不计较；有黏黏糊糊、翻来覆去的，拿不定主意，又不听你的；有苛刻刁钻、过于细致、约法三章，又锱铢必较的。相比之下，第一种比较可爱，但基本上不靠谱；第二种生意好做，但大多做不长；第三种说不出味道，一般都敬而远之；第四种虽然讨厌，倒是相对像样一点。道理很简单，性格决定一切，这种人想事周到，做事认真，往往成功的就是他。

18. 如何回收客户的赊账、欠账

赊账、欠账是温州经济活动中的普遍现象，尤其在鞋业界。最早的解释是，鞋业界多为小打小闹，赊欠也算是相互支持，后来便成了家常便饭，也慢慢演变成了"传统特色"。现在还这样，不过，说法似乎是时髦了，说把别人的钱留在自己的账户里，留一天，利息就多一天。鞋佬都成经济学家了，呵呵。既然是普遍现象，改变是不可能的，唯有自己想办法解决好，自己小心谨慎就是。讨债的办法很多，去哭去闹的、诅咒自己生病急等钱用的、把家里老人孕妇请出来要挟骚扰的、委托给讨债公司的、休息天跑到他家赖着不走的、起诉打官司的、安排专人既联络感情又威逼利诱的、以断货的形式影响他生产的等等，总之，都是根据实际情况自己逼出来的策略，一句话，要盯紧，别粗心大意让他跑了都不知道。另外，最最重要的，是要有好的心态，要把欠账纳入自己的经营成本里，纳入损失和亏本里面，还要用减法去计算，一年赚一百万的，你就当自己赚了九十万，这样才不至于影响心情、影响自己的生意。

19. 真的发现恶意拖欠的怎么办

有规律的赊欠，已经形成"合同"的，我们都视为正常。恶意的，也应该是有先兆的，比如突然地不来往了、突然地说你坏话了、打电话也不接了、人也找不到了，就要多一个心眼了。不要等他"积重难返"，赊欠越多，讨起来越难。有些小厂，把"赊账"当作敛财的手段，他办厂是假，要货逃账是真，就像目前流行的"老高"，许多人借高利贷不是为了扩大生产和周转急需，而是借了你的钱再去加码放贷，想短时间里牟取暴利，大家都这样想了，十个坛子七个盖，盖来盖去盖不全，那崩塌就是必然的。感觉不妙的时候要痛下决心，要多了解业内情况，多了解市场现象，如果有人说这人已进入"黑名单"了，就不要幻想，不要犹豫，快刀斩乱麻，当断则断。至于讨债，那是个长期复杂的过程，要有思想准备，要学学《论持久战》，要耐下性子慢慢地磨。

20. 相邻的店是同行怎么办

这一点也不奇怪，同行才开在一起，开在一起才能形成气候。以前在鞋都开店是这样，后来开发的市场就是这种模式，整条街都卖一样的东西，比如一街卖胶，二街卖皮，三街卖革，四街卖鞋底，五街卖鞋带鞋线，等等，就是这么安排的。这也是开店的心理，肯德基边上往往就有麦当劳，咖啡茶座酒吧也是这样，这没什么好怕的。生意最怕守，最怕时间，最怕思路，最怕服务，最怕资金，最怕细致和品质，开店的人不会都是一样聪明一样强的，所以，你花点心思把自己的事情做好了，好坏自然就分开了，胜负也逐渐就分出来了。

21. 什么样的做法适合小店

小店的特色就是"小"，因此，小店的做法也应该小，小不是寒碜，小是一种形式，一种实际，这关乎你的形象，小店如果"打胖充壮"了，那就是脱离实际好高骛远了。如果你是一个小店，卖的是小东西，服务的也是小众，那你就做好小的文章。当省则省，简单的装潢，简单的广告，简单和杂小的产品，什么事都亲力亲为，把工夫花在仔细、小心、勤勉、温暖地做好服务上，这不是放低身架，而是一个好形象，它和那些大店大企业的精神实质是一样的。当然，你也会碰到一些低端同行低价抛售的威胁，不要怕，只要你有足够的信心，有可以承受的资金，不妨参与，一起竞争，看谁熬得过谁。我的意思是说，参与竞争是每个生意人必须具备的素质和手段，这和大小无关。

22. 怎样理解自己的员工做手脚

首先一个前提，这个员工你一定是喜欢的，样子可人、脑子又好、人也勤快、还会做生意、还能伺候客户，这样的员工是可遇而不可求的，要尽量把他留住。而另一方面，你的条件又非常地有限，你开不高他的工资，你给他的待遇也一般般，那么，你拿什么来吸引他呢，这就要看你的胸怀了，你要适当地给他留有空间，水至清则无鱼，你没有一点余地了，这个工作就不吸引人了。当然这不是指你放开管理上的漏洞，看着他为非作歹，你如果养的是一只"硕鼠"，还不如狠狠心打发了他。你可以灵活地"网开一面"，比如有些产品的价格可以有一些"弹性"，让他在生意中自由发挥；又比如，适当地给他一点打交道的"润滑费"，他运用得好，少量地有些"节余"，也是可以接受的，就当是发他的奖金了。但这又和奖金不一样，奖金是你根据他的工作表现给的，而这个，是他工作之外的"劳动"所得。

23. 怎样搞好和"地头蛇"的关系

如果你是本地人，这个问题也许会好处理一些，因为你多少会有点社会基础，所谓"蛇洞蟹洞路路相通"，你总会有办法找到相关的人，来通融这些事情。如果你是外地人，那这个问题会有些严峻。每个行业都会有它的"龙头老大"，每个生意都会有"欺行霸市"的人，把这些人"伺候"好，甚至摆平，是生意顺当的条件之一。像这种情况一般有这么几种：明收保护费、惹是生非、无理取闹、替人家找事、搞活动摊派、逢年过节意思意思等等。解决的办法仅供参考：第一，自己要修炼内功，加强与同行之间的关系，让人感觉到你也有阵营，你口碑很好。第二，不要太张扬、太露富、太逞强，适当地哭穷也是有必要的，但又要不卑不亢。第三，有选择地团结一些这类人等，当然别忘了对其小恩小惠，如果你定力很强，称兄道弟也未尝不可。这种情况过去经常发生，现在少了，原因是现在的人眼界大了，看不上这些营生了。

24. 关键时员工走人怎么办

员工走人摆摊子是一个很普遍的现象，因为很少有员工一开始就认定这个工作的，而这个工作给他带来的舒适度、接受程度、收入待遇都是合拍的。但员工往往喜欢琢磨老板，抓住老板的"弱点"，比如你人手不够的情况下，任务很重的情况下，开辟新业务的情况下，当然也不排除他真的家里有急事的情况下，这样关键的时候他要摆摊子走人了。一般情况下我们也会紧急招人，毕竟我们不是高端行业，低端的人有的是，吸引力就是工资翻倍、当天结算。另外，能够把员工培养成一个多面手，也是很好的，可以临时救急，可以急时调剂。当然，和同行搞好关系也不错，无奈之下可以相互借用。

25. 客户故意刁难怎么办

客户大部分都是好的，难缠的客户、刁蛮的客户一般在生意初期就已经淘汰掉了。客户如果置面子和关系于不顾，想克扣你、为难你的时候，一般也都是碰到实际困难了，比如雨季长了，皮鞋上不了市了；比如样子不好，皮鞋卖疲市了；比如他也被别人欠了，被别人讹着，想在你身上挽回点"损失"，最好能给予充分的理解。另一方面，从一开始就做好准备，做好台账，掌握好第一手资料，及时地跟踪服务，尤其是要搞好关系，不要给客户以可乘之机，堵塞他无理取闹的漏洞，以防难堪的事情难堪地发生。

26. 如何避免退货、调换的事情发生

任何货物都有它的寿命和质量，因质量和寿命的问题与供应商发生退货或调换的事情也是经常发生的，但退货和调换多了，供应商肯定不乐意，甚至会影响双方的情感和生意。有两个方面的问题应该注意，一方面要充分了解产品的性能、用途、质量、寿命，推销时也尽量告之客户在使用和储存过程中的注意事项，像回力胶之类的产品，怕日晒、怕潮湿、容易老化脆化，就不能囤存太多。另一方面，要充分了解自己的销售能力，了解客户的生产动态，适量进货，及时盘货，避免货物积压，保证货物的新鲜程度。这事不仅发生在工业领域，商业和其他服务领域也同样存在，都可以效仿执行。

27. 多少时间盘存一次最为合适

如果你的店不大，货品杂，最好半月一月地固定盘存，这事虽然麻烦，但必须要做，省不了也赖不掉。盘存的好处

很多，能及时了解自己的销售情况，调整自己的销售策略；能发现货物的旺销和疲软，判断客户的生产情况和市场动态；可以及时处理一些积压货物，及时和供应商交流意见，同时，及时盘活自己的流动资金。最最主要的是，能及时发现自己店里经营方面的小纰漏小过失，及时补救，及时改善，以免造成更大的损失。

28. 中途遇到提价怎么办

在产品销售过程中，供应商会突然对一些产品进行提价。作为一个有流程的行业，供应商是第一个知道行业的微妙变化的，也许是政策形势有变，也许是原材料脱销紧张，有时候也有人为的故意搅局的可能。比如供应商借今年棉花歉收的原因，放出谣言说接下来里衬之类的产品都要涨价了。涨价，就意味着利润的空间小了，意味着生意难做了，意味着你要马上和客户进行切磋交流了。这时候你可以做出一些补救措施，告知客户，跟着涨价，所谓"天倒大家事"；也可以相应地把其他产品价格做些调整，所谓"堤外损失堤内补"；如果你有判断力，你有资金，也可以借机吃货囤积，放着日后享用，所谓"发混乱财""发时令财"。

29. 老板和员工到底是什么关系

肯定不是"周扒皮和长工"的关系。在相处中，要尽量避免一些刺激性的语言和刺激性的动作。比如，我是老板还是你是老板？比如，我听你的还是你听我的？比如，你马上给我滚！比如，不顾员工的感受，肆意地命令支使；比如，明显的神态和行为上的不尊重；比如，只顾赚钱，不问冷暖；甚至动手打人，摔人家东西，仗势欺人，故意克扣工资；等等。这样的言行举止，后患肯定是无穷的。老板和员工，就是一个平台上的两个工作者，一个提供了平台，一个帮助对方在平台上实现梦想；一个愿望大一点，一个要求低一点；是我们，而不是你和我。

发现自己的文学

有一天，几个外地的记者朋友来找我玩。我带她们去了温州最热闹的鞋料市场，因为那里有我的小店；我又带她们去了我的仓库，仓库里的东西可同时供给五十至一百家的企业生产；我又带她们去看我的工场，工人有叫我老司的，也有叫我老板的，他们中工龄最长的已跟了我十八年，家里子孙三代都住在工场里，都跟我很熟。朋友出来后坐在我车里长时间地不语，我问她在想什么？她叹了一口大气，说，非常地感慨。我知道她感慨什么，要么是我的"工作"，我服务着一个地市文联的大摊子，我还惦记着自己的写作，我还运作着几十个人的小企业和杂七杂八的生意；要么，她就是感慨我非同寻常的底层生活。

多年前，我体验过许多艰苦的生活，拉过板车、做过泥瓦匠、跑过供销、混过江湖。这期间体会最深的是两个职业，一是加盟了一支打桩队，亲历过伙伴被砸断腿的撕心裂肺，也亲历过一天只打一枚桩的尴尬，那是碰到了一块杂石地，分到了收入两毛钱，那是1973年；二是在民间兼了一个位置，被人请来请去，去摆平一些纠纷，当然不是靠规章和法律，靠的是江湖的名望和人品的公信度，就像我们后来推崇的"人民调解员"。我觉得自己很适合做这样的事情，有着与生俱来的底层品质和条件，从这个角色转换到另一个角色一点也不生硬，也就是说，我是无师自通的。与此同时，我也结识了一班认命的、知足的人，他们识字不多，却扎扎实实地教会了我，怎样安下心来，怎样去认知社会。

我其实是写过很多底层又温州的小说的，像《讨债记》《市场人物》《乡下姑娘李美凤》《推销员为什么失踪》《斧头剁了自己的柄》《坐酒席上方的人是谁》等等，都是我在底层有了生活、受了启发之后的结果。在温州写小说是很难的，人们很容易会联想到林斤澜先生，有高山在面前矗着哪。晚年的林先生，经常地会回老家看看，我们在一起走街串巷，吃各种美食，谈文学轶事，谈政治和人生。我们虽然很少去谈具体的写作，但有一点是肯定的，我们长时间地耳闻目染着林先生的写作，我们滋润在林先生写作的氛围里，我们也学写着小说肯定是必然的。但我们的写作又是和林先生的那样地不一样，无论形式和内容，我们都受限于"林先生那个时代"的精髓；我们既没有他那样的体验，以及体验后的思考，也没有他那样的严谨，以及严谨后形成的习惯；尤其是林先生特意强调的语言，以及他远离家乡后对"温州方言"表现出来的特有的热情，我们都没有办法达到。我也在追求自己的写作，追求民间语言的神韵，以及民间语言的表述习惯和民间句式，所以，我要说的是，林先生的写作是独辟蹊径的，而我们的写作也是出于自己的思考和经营的。

这部《温州小店生意经》就是我经营生活、思考生活的结果。我一般只写小说，别的体裁的东西几乎不写，写这种"非虚构"样式是第一次，其实也算不上什么创作，只能说是一种"记录"而已。因此，我也没把它当作一部什么作品，而是把它作为自己体验生活的体会，一些发现、一些思考、一些经验，看它能不能给别人有些启发。曾经有一个知名大学的"校刊"给我来电，说我们能不能转载你这本书后面的附录啊？这个附录就是我们会碰到的一些问题，可见启发和用途还是有的。《人民文学》的编辑也曾对我说，你写的生意最像那么回事。这个一点也不假，因为我不是在编生意，不是为写东西而去体验生意，我这是真的，就是在生意里头。这也是我们温州人的特点，不满足于做一件事情，总想着试试其他的事情。

《温州小店生意经》先是在《人民文学》杂志发了一部分，后来还得了"茅台杯"人民文学奖。我想，评委们不一定是觉得它写得有"多少情趣"，也许只是看中了它里面的温州元素，看中了体验的力量，看中了这种老实的写法也可以出彩。我在颁奖典礼上的"获奖感言"是这样说的：我虽然有着优越和稳定的工作，但对生活的体验一点也没有少，各种各样的生活我都乐意去尝试，它让我平庸的生命有了色彩，同时也给了我许多不一样的想象……

作为一个写作者，"写温州的东西"这个话题经常地会被人问起。领导问这个问题，是说我为什么不写写温州的名气，利用我的一技之长为温州做点事情。朋友们问这样的问题，是他们熟悉我的生活，想看到那些他们感兴趣的事情。其实，每个人都有自己的写作路子，这也是写作的"规律"之一。有人政治情结浓厚，他就擅长宏大叙事，擅长波澜壮阔的东西。像我都是些小胸怀小情调的，也只能写一些家长里短和狗肚子鸡肠。但回头看看，我的小说里还是有很多温州的社会形态、温州的生活特质的。早年林斤澜先生说我的小说像"浮世绘"，这让我思考和探索，也是我愿意为之的，我理解的浮世绘就是风尚和好看。后来李敬泽先生也告诉我，要发现你自己的文学。这让我在懵懂中一下子有了豁然的感觉。但写作又不是简单地去拷贝生活，那样就狭隘了，就低估了写作这项劳动了。也就是说，要发现自己的文学，甚至有了自己的文学，那是多么地艰难和不易啊。

我对写作是有敬畏之心的，这不仅体现在对写作的态度上，也体现在付诸写作的内容上，因此，我很少会去瞎编故事，所有的故事都是我对生活的真实感悟，以我对生活的用心来完成对写作的用心，用生活的纯粹来构建文本的纯粹。我觉得生活是值得去发现去思考的。而反过来我又觉得，写作就是要纯粹的，写作的人本来就摒弃了许多功利，那么，它的动机和品质一定是兼优的。当然，这只是我个人的想法，不一定对。

有生活不一定有优势，就看我们怎样去解构生活，来建立起自己的文学。生活中有很多残酷的东西、晦涩的东西、丑陋的东西，那是我一直在极力回避的。我以前告诫自己，要以温暖之心写身边的善良，现在我觉得还不够，还应该支持以友爱和善待的情怀，这也是我在写作过程中需要加紧修炼的。这样说来，我的写作是不是负荷太沉重了？也不是，写作的人都知道，写作最要紧的就是松弛，松弛了，反而就生花了，有时候还会有一点"无心插柳柳成荫"的意味了。

生意经和文学的公约性

——读王手的《温州小店生意经》

　　文学来源于生活，生意是生活的一部分，所以，文学中自然会出现做生意的内容。茅盾的《子夜》是写做生意的，梁凤仪的"财经小说"当然更是。但是，生意经和文学背后似乎又有着某种约定俗成的界限，所以，没有哪个作家会说自己的小说写的是纯粹的生意经。梁凤仪的小说被冠以"财经"，实际上暗示的正是"财经"与文学之间的某些非公约性。

　　所以，王手的《温州小店生意经》是一部出乎我意料的小说。因为，正如小说题目所标示的，小说从头到尾写的全是"我"开小店的生意经。它似乎打破了文学与生意经之间的界限，让人突然意识到，文学与生意经之间原来有着那么多的公约性，以至于只要把生意经记录下来就是文学。我觉得，在把生意经和文学画上等号这一点上，王手这个"相信奇迹的人"，可以说是让一个"奇迹"发生在自己的身上了。因为在我的印象中，文学史上似乎还没有出现过单纯写生意经的小说。

这部小说最早出现在《人民文学》2011年第12期，是个中篇的"非虚构"，并获得2012年《人民文学》的"非虚构"奖。2013年在《作家·长篇小说》的秋季号上，再次见到这部小说，已扩充到十多万字，是个加强版了。2014年4月，再由作家出版社推出单行本，则是再而三了。由此可见王手对这部小说的重视。之所以如此重视，在我看来，是因为它确实最能代表王手小说的风格。有看似"老实巴交"的简朴叙事，有商场的波澜起伏，有人性的纷繁芜杂，有时代的风云变幻，有王手在人生和文学方面的体验和觉悟，有把温州"土讲"和白话完美融合的朴素、轻松的语言，有与朋友拉家常一样的亲切、从容的叙事节奏，还有他自己说的"风尚和好看"。

　　那么，具体到这小说中，生意经和文学的公约性都体现在哪里呢？

　　首先要说说王手小说的选材。王手小说的选材一直是"日常化"和"原生态"的。如果你仔细阅读过王手的小说，就会发现，这两个在文学圈已被用了十几年的词语，一直都没被用在很准确的对象身上。王手在说到自己的写作路子时说："有人政治情结浓厚，他就擅长宏大叙事，擅长波澜壮阔的东西。像我都是些小胸怀小情调的，也只能写一些家长里短和狗肚子鸡肠。"他写的是"温州的芸芸众生，温州的社会形态，温州的生活特质"，温州的"浮世绘"，但"又不是简单地去拷贝生活"，"作为一个写作者，我对体验生活还是热衷和重视的"，"我需要在体验中思考和觉悟，从而孕育出自己的作品"。正是这种对日常生活自愿自觉的体验、思考和觉悟，构成了王手小说一贯的原生态底色。《温州小店生意经》更是如此。

这部小说写的是1994年老婆下岗后，"我"和老婆经营鞋杂店的历程。鞋杂店"就是'百草糕'，什么东西都有，胶水、糨糊、帮钳、批刀、鞋蜡、皮擦、包装纸等，一般人听不懂，解释清楚要半天"。就是卖这些最最鸡零狗碎的小生意，它和文学能有什么公约性呢？还就是有。虽然是小生意，但它同样需要协调与顾客、同行、店员、市场需求、管理部门等之间的关系，同样需要做生意的技巧，同样有商场的刀光剑影，写出来就有情节性和戏剧性；对于不在此行的人来说，小说时常透露给读者的一些商场的小秘密小规则，具有一定的神秘性；市场供需的变化关联着的风云变幻，具有时代性和历史性；而做生意说到底还是要回到人和人的关系上，包括"我"和老婆因身份地位变化而导致的观念、情感的变化，又无不体现了纷繁芜杂的人性；当然还有比真实性更进一步的鲜活性；再加上语言、叙事和结构上的艺术性；小店的生意经和王手的小说就具有了全面的通约性。正如有评论说的，"里面有贴心贴肺的生意经"，但又是"领悟到世道人心的文学"。

刘震云曾说，作家为了写作，到某个地方去体验生活，是很可笑的，因为我们随时都在生活之中，关键在于有没有发现和表现的能力。《温州小店生意经》就是一个最好的证明。每个人的生活都是独特的,如果你对自己的生活有足够的注重、体验和思考,你就有可能在生活中发现你自己的文学,即便你是一个卖鞋杂的。

其次,生意经和文学的公约性还体现在王手独特的叙事风格上。"生意"虽可包括所有的商业活动,但"生意经"和"商业规划"还是有点不同的,它最合适的还是和"小店"搭配,它主要还是讲给芸芸众生听的。所以,虽是温州市文联主席,是机关干部,是知识分子,但王手在讲生意经时,就是个开"小店"的,要给我们讲的是和普通百姓"贴心贴肺"的生意经及其里面的世道人心,而不是以启蒙的姿态给我们讲形而上的终极关怀。所以他用的是平民化的视角,亲切随意、充满谐趣。这是王手一贯的叙事风格,但这部"生意经"是最有代表性的。小说中,作为机关干部、知识分子的"我"和开小店的"我",经常互相调侃。这不但增加了小说的谐趣,同时也反映了时代变迁带给"我"观念、心理、情感上的冲击和"我"的思考、体悟。在经营"小店"方面,王手是成功的,经营小说也一样,二十几年的体验和探索,让他对自己的写作有了对鞋杂一样的了解和自信。所以,当自己的小说碰到了鞋杂,王手操纵起来就更加举重若轻,更加从容、顺畅和别致了。当然,其中自然也有一点一个成功人士回忆过往时的轻松和自得。

再次,生意经和文学的公约性还体现在这部小说轻松、朴素、趣味横生的语言上。王手是一个对待文学十分自觉、用心的作家，虽然轻松、朴素的口语是他小说语言的一贯风格，但这部"生意经"又是最能代表王手小说语言风格的。当然，这也与生意经的草根性有关。因为要讲"小店生意经"，自然就要用最朴素、轻松的白话，它跟写白领、官场或知识分子生活的毕竟要不一样。于是，王手小说的语言特色在这里得到了淋漓尽致的发挥。这是一部全凭语言就能吸引人读到底的小说。王手说："我有意把它写得朴素、轻松，所以，标题也写得近乎白话，像'我老婆突然就下岗了''下决心我们自己开个店''鸟枪换炮带来的麻烦''鞋料生意也要和人打架'等等，就像我们温州民间的'土讲'。"类似的"土讲"再如，"空忙赚吆喝""斧头剁了自己的柄""不找市长找市场""瞎子鸡啄虫""醋碟子里开荤"等等，俯拾皆是。当然，"土讲"只是一个方面，温州话的难懂是出了名的，完全"土讲"读者是根本看不懂的，所以这里面有王手对"土讲"和普通话的融合和提炼。除了朴素、轻松、准确、生动，鲜明的地方特色和强烈的"生活在场感"之外，王手的语言又因融入自身丰富的人生体验和觉悟，而使得语言机智风趣又富于哲理。在语言方面，王手已堪称大家。他这方面的自觉、用心也足以为人榜样的。

浙江文学院　郑翔